Homo-gènes

©2020. EDICO

Édition : JDH Éditions
77600 Bussy-Saint-Georges, France
Imprimé par BoD – Books on Demand, Norderstedt, Allemagne

Réalisation graphique couverture : © Cynthia Skorupa

ISBN : 978-2-38127-128-6
Dépôt légal : avril 2021

Le Code de la propriété intellectuelle n'autorisant, aux termes de l'article L.122-5.2° et 3°a, d'une part, que les « copies ou reproductions strictement réservées à l'usage privé du copiste et non destinées à une utilisation collective », et d'autre part, que les analyses et les courtes citations dans un but d'exemple et d'illustration, « toute représentation ou reproduction intégrale ou partielle faite sans le consentement de l'auteur ou ses ayants droit ou ayants cause est illicite » (art. L. 122-4).
Cette représentation ou reproduction, par quelque procédé que ce soit constituerait une contrefaçon sanctionnée par les articles L. 335-2 et suivants du Code de la propriété intellectuelle.

Bella Doré – Mélody Galéa – Denis Morin – Pedro
Nathalie Sambat – Lili Saxes – Thibaut – Tubb

Homo-gènes

Recueil de nouvelles et témoignages

JDH Éditions
Les Collectifs

Nature et Liberté...

D'aussi loin que je me souvienne, et bien que non concerné personnellement, je n'ai jamais compris pourquoi les personnes qui étaient homosexuelles étaient montrées du doigt.

Ni pourquoi « c'était mal » d'être homosexuels.

Je n'ai jamais compris pourquoi sur le sujet, certains mots étaient utilisés avec récurrence, voire dédiés. Qu'ils soient des insultes reconnues ou des mots « plus sages » comme « déviances », « incongruités » ou « erreurs ». Et plus que tout, pourquoi le mot afférant qui me revient en tête et qui sort tout droit de mes mauvais souvenirs, à savoir le mot « péché », s'associe-t-il irrémédiablement au sujet ?

Ensuite, pourquoi faire ce classement de genre ?

Si le corps humain ne revendique aucune exclusivité dans ses échanges sexuels, pourquoi stigmatiser l'amour entre personnes du même genre ?

Et si la nature parfois commet des impairs, pourquoi empêcher ses victimes de corriger le tir ?

Et pourquoi donc mêler la religion à tout ceci et brandir des étendards contre ce qui, toute somme faite, est naturel ?

La France, notre belle France, qui vend aussi sûrement des reproductions de la tour Eiffel que de l'eau bénite made in Lourdes, qui expose autant sa Déclaration de l'homme et du citoyen que ses Coupes du monde de football, si aujourd'hui elle autorise le mariage gay, elle est pourtant encore bien en retard sur le sujet. En matière de droits et de progrès, pour enfin parvenir à assassiner la différence, il y a encore du chemin à faire, et comme dirait le poète, nous ne sommes pas sortis des ronces.

D'après mes recherches, le terme d'homosexualité apparaît au XIX⁰ siècle, vers l'année 1870, s'accordent à dire plusieurs historiens. Il est alors utilisé pour « qualifier une pathologie », que 120 ans plus tard, l'Organisation mondiale de la Santé classera jusqu'en 1990 donc dans sa liste « des maladies mentales ».
L'amour est donc une maladie.
Je suis bien content de le savoir, et j'aurais dû me servir de cet argument au tribunal au moment où l'on me servait la facture des prestations compensatoires.
Ceci étant, en 1990, cette déclaration de l'OMS est faite avec la bénédiction des tauliers des différentes institutions religieuses et politiques sévissant sur le territoire. Alors que, avant que le monde ne se tourne vers le fétichisme religieux et s'achète une « bonne conduite » en construisant des monuments dotés de cloches qui serviront de repaires aux pigeons, c'est-à-dire avant le VI⁰ siècle, l'homosexualité ne gênait personne. Et au contraire, si on en croit les philosophes grecs, elle était considérée comme nécessaire « à la connaissance de soi ». Et pour le peuple, elle n'était « en rien remarquable ». Constituante de la vie courante, commune et normale.
Mais, à partir de ce fameux siècle, les choses changent et l'homosexualité est considérée comme un crime, allant jusqu'à mériter la peine de mort. Et un millénaire plus tard, en 1750, deux hommes seront assassinés par l'État au nom de ce principe. Considérés par les historiens comme le dernier assassinat officiel du genre. Et là aussi, il y aurait certainement beaucoup à dire... du côté de la grande muette, par exemple... il suffit d'ouvrir le journal...

Il faut attendre 1791 pour que le Code pénal ne qualifie plus la chose comme un crime. Cependant, l'homosexualité reste une « atteinte à la pudeur » et débouche sur des poursuites judiciaires. Le régime de Vichy de Pétain rétablit la sanction pénale pour « tous rapports homosexuels » dans la loi d'août 1942, tandis que les nazis, définitivement inscrits dans tous les mauvais coups, organisent une chasse parallèle à celles de Juifs, des communistes et des résistants avec les homosexuels qu'ils envoient dans les camps de la mort affublés d'un triangle rose.

Il faudra attendre 1982 pour que la loi française dépénalise l'homosexualité impliquant des personnes de plus de 15 ans. Et entre les deux, les feuilles mortes se ramassent à la pelle...

En 1998, la question se pose enfin (et le plus triste, c'est que ce fut justement une question, non des excuses et une application immédiate du bon droit de chacun) à propos du droit aux homosexuels d'avoir accès au Pacte Civil de Solidarité (PACS).

La politique française entre dans un débat qui a le mérite d'être inutile et stupide. C'est une spécialité que le monde entier nous envie tout autant que la recette du coq au vin. Les opposants comme Christine Boutin ou Philippe de Villiers évoquent « la famille en danger » ou encore « le démantèlement de la famille ». Boutin se lance dans une véritable lutte contre les droits homosexuels. Je cite :

« Le PACS est la résurgence de la répudiation, puisque l'un des partenaires peut l'interrompre à tout moment. De plus, il débouchera inévitablement sur l'adoption d'enfants. Et je voudrais la preuve qu'un enfant élevé par deux parents de même sexe est aussi équilibré que les autres. » Et qu'un labrador élevé dans un poulailler ne se prenne pas pour une volaille et qu'il se mette à pondre. Parfois, je me demande comment des élus peuvent être aussi ridicules dans leurs propos...

Frustrations ?

Le PACS est finalement adopté en 1999 et mis en œuvre par le gouvernement Jospin. En 2001, le tribunal de grande instance de Paris valide la première adoption d'une femme homosexuelle pour les trois enfants de sa compagne.

Ce qui n'empêchera pas le mariage homosexuel d'être annulé en 2007.

Me revient en tête une chanson de salle de garde que je ne citerai pas ici, mais avouez que c'est tentant.

La loi est finalement adoptée par le Parlement en avril 2013. La France est le quatorzième pays à accepter le mariage gay. L'Église écrase une larme et l'extrême droite dépose en offrandes des packs de bières de six aux pieds de la pucelle d'Orléans.

Aujourd'hui, en 2021, avec ou sans virus, malgré une certaine progression des droits relatifs au sujet, le constat est clair : les mentalités ne changent pas.

Au contraire. Je cite :

« En 2018, l'association SOS homophobie a recueilli 1 905 témoignages d'actes dits homophobes. C'est une augmentation de 15 % par rapport à l'année 2017. C'est la troisième année consécutive que l'association relève une augmentation de ces chiffres. Le nombre d'agressions physiques a aussi augmenté, passant de 139 en 2017 à 231 en 2018, soit une augmentation de 66 %. Cependant, les témoignages d'agressions physiques transphobes ont plus que doublé en 2019. »

Et les chiffres de ces trois dernières années ne sont vraiment pas glorieux.

Et c'est inquiétant.

Et dans votre quotidien, dans votre réflexion, dans votre discours, vous qui le lisez, vous en êtes où, par rapport à tout ça ?

Yoann Laurent-Rouault, directeur littéraire

Préface

Je suis hétérosexuelle, et pourtant, j'ai décidé de diriger ce recueil qui rassemble 8 auteurs et 8 textes, qui témoignent de différentes manières de l'homosexualité, la bisexualité…

Je l'ai fait en premier temps pour mon grand frère homosexuel. Juste pour lui prouver par ce manuscrit que j'ai toujours accepté son attirance pour les hommes, je le respecte pour l'homme qu'il est et je le félicite pour son courage d'avoir osé annoncer son homosexualité à cœur ouvert. Je sais à quel point cela a été difficile pour lui et je me sens parfois responsable de ne pas l'avoir assez aidé lors de son coming out. J'étais très jeune et je n'avais ni la maturité ni le recul pour le soutenir davantage. Alors je crois que c'est l'un des plus beaux cadeaux que je pouvais lui faire : ouvrir la parole à d'autres !

En second temps, j'ai dirigé ce manuscrit, car je suis très entourée par cette communauté. J'ai d'excellents amis qui me sont très chers à qui je veux offrir cette opportunité de se libérer. Et je sais que pour eux également, les choses n'ont pas toujours été simples.

Je peux imaginer la difficulté des jeunes qui tentent de s'assumer comme ils sont et qui sont rejetés par leurs familles, incompris par leurs parents. Leurs parents… les deux personnes censées les aimer le plus au monde demandent parfois à leurs enfants de changer, ou de ne rien dévoiler… Comment peut-on essayer de devenir une personne que l'on n'est pas ? C'est comme demander à un hétérosexuel de devenir homosexuel. Il ferait la grimace ? Il lèverait les yeux au ciel ? …

Préfacer un recueil de textes LGBT en étant hétérosexuelle, c'est aussi ouvrir son esprit ; c'est par ma position et mon regard extérieur que je peux dénoncer l'homophobie.

J'ai pris beaucoup de plaisir à découvrir le parcours de certaines personnes que je connaissais déjà, et aussi de faire connaissance avec des auteurs.

Je me suis cultivée également, connaissant un peu moins la transsexualité, et je suis fière d'avoir un texte racontant ce parcours.

Au fur et à mesure de mes lectures, je me suis rendu compte à quel point toutes les personnes qui ont témoigné étaient ouvertes d'esprit. Terriblement ouvertes d'esprit ! C'est presque une claque dans la figure que je me suis prise en réalisant le chemin que certains ont parcouru et avec les ressources gigantesques dont ils ont fait preuve.

Je ne les connais pas tous, mais je suis fière d'eux ! L'homophobie... vaste sujet, mais beaucoup trop d'actualité.

Par exemple, en 2018, SOS homophobie a recueilli 1 905 témoignages d'actes homophobes, soit 15 % de plus par rapport à 2017.

En 2019, les chiffres ont augmenté de 23 %.

Ces chiffres sont alarmants et interpellent, et je pense qu'ils reflètent une prise de parole des personnes LGBT.

J'aimerais d'ailleurs rappeler la définition de l'homophobie : il s'agit d'une crainte et du rejet de l'homosexualité. Elle se caractérise par la haine envers ces personnes.

En elle-même, la définition fait froid dans le dos !

Comment peut-on craindre un être humain qui a simplement décidé de vivre sa vie avec ses convictions ? Jusqu'à le haïr...

Différentes causes entrent en jeu : les religions, l'éducation, le mode de vie, etc.

Il y a encore quelques années, pas si lointaines, l'homosexualité, la bisexualité, la transsexualité étaient considérées comme des maladies mentales.

Je pense que l'homophobie fera toujours partie de ce monde, comme tout mouvement. Il faut simplement vivre avec et apprendre à y faire face. La punir, la surveiller !

Je voulais sincèrement remercier ces auteurs d'avoir osé franchir le pas de l'écriture, certains se questionnent encore, d'autres ont trouvé le bonheur. Mais je suis véritablement stupéfaite devant leur clairvoyance et cette manière d'avoir les mots, quand nous, spectateurs extérieurs, nous ne savons que rester bouché bée devant la haine et l'injustice.

Je note également les superbes nouvelles dont certains auteurs sont venus habiller ce recueil. Des nouvelles sur le thème LGBT, pleines de bon sens, de fluidité et de vérité.

Angélique Rolland

Amour Secret

Par Bella Doré

Amour secret, cacher tous ses sentiments
Amour secret, s'empêcher tout le temps
Amour secret, ne pas pouvoir t'embrasser
Quand je voudrais mourir dans tes baisers
Quand il faudrait
Crier au monde entier
Mon bonheur et ma joie
De t'aimer si fort que ça
Mais toi et moi
N'en avons pas encore le droit

Est-ce qu'un matin enfin
Tu me prendras la main
Sans avoir peur des autres
Sans que t'aimer soit une faute

Amour Secret, Hélène Rollès, 1993.

***

L'an deux mille, une année fatidique pour beaucoup. Pour moi, c'est l'année de mes seize ans. Je suis entrée en seconde dans un lycée privé quatre mois avant le début de ce nouveau millénaire. Je ne connais personne et me sens seule. Le premier trimestre se termine, les filles de ma classe échangent leur numéro, pour rester en contact pendant les vacances, et il y a moi. Seule dans mon coin. Je m'amuse à recopier mes chansons préférées dans un calepin, ces chansons d'amour du début des années quatre-vingt-dix dont plus personne ne connaît les paroles aujourd'hui, excepté moi, peut-être, et j'y couche aussi mes poèmes. Ils racontent la solitude qui me pèse, le fait de ne pas me sentir comme les autres, mes camarades de classe sont à fond sur les boys band et les magazines de stars et de mode, alors que pour moi, il n'y a que mes études et mes écrits.

Comme toujours, je passe mes vacances de Noël en famille. Tous les jours, nous avons de la visite ou bien nous allons prendre un repas chez un oncle ou une tante. La question de prédilection que tout le monde pose pendant ces moments-là est : « Lily a-t-elle enfin un petit copain ? »

Lily, c'est moi. Enfin, c'est un diminutif, mon vrai prénom, c'est Emilie. Je suis l'aînée d'une famille de trois enfants, et autant dire que tout le monde attend beaucoup de moi. Revenons à cette question dont la réponse est indubitablement « NON », au grand désespoir de mes parents. Mes cousines du même âge, elles ont déjà embrassé un garçon, ou sont allées au ciné avec un amoureux. Mon père leur répond : « Emilie, elle finira bonne sœur dans un couvent ! »

Je fais partie de cette génération née dans les années quatre-vingt, cette génération qui à seize ans était davantage préoccupée par l'anatomie du sexe opposé que par l'écran d'un smartphone comme aujourd'hui, mais ceci est un autre débat.

À seize ans, je n'avais jamais eu de petit copain, les garçons ne m'attiraient pas, les filles non plus, d'ailleurs. J'étais la bonne copine, celle qui dépanne tout le monde, l'épaule sur laquelle on pleure quand ça ne va pas et que l'on oublie quand tout va mieux.

Tout a changé à la reprise des cours, après les vacances de Noël, au moment où je l'ai croisée pour la première fois.

Elle était aussi blonde que moi je suis brune, enfin auburn. J'ai toujours eu la fâcheuse tendance de me teindre les cheveux dans les tons rouges. Sa coupe originale, longues mèches sur les côtés et cheveux courts relevés en pics à l'arrière – un peu comme Halle Berry dans *Catwoman*, un film sorti quelques années plus tard – lui donnait un style à la garçonne, mais aussi

un visage angélique. Elle était grande, mince, habillée à la mode avec son jean patte d'éléphant, son pull à col roulé blanc, ses Dr. Martens et son perfecto en cuir noir. Elle s'est avancée vers moi :
— Salut ! Je suis nouvelle ici. Je cherche la salle 210, j'ai biologie avec madame Lecointre.
— Bonjour ! répondis-je timidement. Je suis le même cours, tu peux m'accompagner si tu veux.
— Avec plaisir. Au fait, je m'appelle Camille, et toi ?
— Emilie.
— Alors on est dans la même classe ! C'est cool de tomber sur un visage sympa.
— Merci…
C'est ainsi que notre amitié est née. Nous avons passé la fin de la seconde et toute notre année de première collées l'une à l'autre, nous étions devenues les meilleures amies au monde.

***

En février 2002, nous avons organisé une grande soirée pour nos dix-huit ans (nous sommes nées à quelques jours d'intervalle l'une de l'autre). Qui a dit que les Verseaux n'étaient pas compatibles ? Nous avions invité quelques amis, enfin surtout ses amis, pour une soirée chez ses parents, avant de la terminer dans une boîte de nuit à la sortie de la ville. C'est ce soir-là que tout a dérapé, le 16 février 2002. Nous étions avec nos amis, quand j'ai commencé à me faire draguer avec insistance. En même temps, je le cherchais un peu aussi. Alors que Camille portait un jean taille basse et un débardeur noir avec un joli décolleté en dentelle dans le dos, moi je portais une jupe ultra-courte avec des bottes noires à talons hauts et un petit top rouge. Mes cheveux étaient légèrement ondulés, lâchés sur mes épaules, et j'étais maquillée comme une voiture volée. La petite Emilie sainte-nitouche avait laissé place à une belle jeune femme provocante.

C'est alors que Camille est venue me rejoindre sur la piste de danse et m'a murmuré à l'oreille :

— Tu veux qu'on s'marre un peu ? Je viens d'avoir une idée !

— Tu veux faire quoi ?

— Tu vois les deux mecs louches qui te tournent autour ? On va leur faire croire qu'on est en couple ! T'es partante ?

— Plutôt deux fois qu'une.

Il faut dire qu'après deux ou trois tequila sunrise, j'étais vraiment d'humeur à faire la fête. La blague que me proposait Camille me tentait bien et, l'absorption d'alcool aidant, je me sentais euphorique. Après tout, on n'a pas dix-huit ans tous les jours, et puis on ne faisait rien de mal...

Nous étions dans la salle ambiance années quatre-vingt, quand le tube *Partenaire particulier* s'est mis à résonner. Nous avons commencé à danser ensemble comme deux copines, puis la musique a enchaîné sur quelques slows. Notre danse est devenue plus langoureuse sur le tube *Besoin de rien envie de toi*, et plus les mecs nous mataient, plus Camille se rapprochait de moi. Elle avait ce petit côté provocant que j'admirais tant. Puis elle m'a embrassée, je n'ai rien dit, je me suis laissé faire. Ce baiser a eu sur moi un effet inattendu, j'avais l'impression d'avoir des papillons dans le ventre et mes jambes sont devenues cotonneuses. C'était mon premier baiser. Je ne m'étais jamais demandé comment il se passerait, mais avec le recul, je n'aurais voulu le partager avec personne d'autre que Camille. Même si nous étions du même sexe, je venais de vivre une expérience très agréable. Nous avons joué à ce petit jeu de couple toute la soirée, jusqu'à notre départ à trois heures du matin. Son père avait pris l'habitude de venir nous chercher lors de nos virées en boîte de nuit, car à ce moment-là, il y avait des disparitions inquiétantes de jeunes filles. L'affaire

Par Bella Doré

Élodie Kulik avait défrayé la chronique de l'époque et cela s'était passé pas très loin de chez nous.

De retour chez elle, après nous être changées pour la nuit, nous nous sommes installées dans sa chambre devant un film, *Blair Witch 2 : Le Livre des Ombres*, un film de sorcellerie bas de gamme avec des scènes qui font sursauter les âmes sensibles. Lors d'un de ces passages, je me suis blottie dans les bras de Camille comme on le ferait avec sa sœur, et au moment où j'ai relevé la tête, nos lèvres se sont effleurées. Cette fois-ci, nous ne jouions plus. Cet effleurement s'est transformé en un baiser sensuel, suivi d'un deuxième, puis d'un autre. Je n'aurais jamais pensé avoir ce genre de penchants, car dans ma famille, on ne parle pas d'homosexualité. Il ne serait venu à l'idée de personne que quelqu'un puisse être gay dans notre entourage. Puis, je connaissais Camille depuis plus de deux ans et je n'aurais jamais pensé qu'elle était attirée par les filles. À vrai dire, nous n'avons jamais vraiment abordé le sujet. Nous n'avions pas de petit copain, et n'en ressentions pas le besoin, parce qu'elle m'avait moi et que je l'avais elle. C'est peut-être cette sensation d'être tout l'une pour l'autre qui nous a rapprochées et fait évoluer notre relation.

Les mois suivants, nous avons vécu notre histoire en cachette. J'allais souvent dormir chez elle et elle venait souvent dormir chez moi. Nous avons obtenu notre bac scientifique et chacune a suivi ses études : elle est partie étudier en fac de médecine et moi à l'école d'infirmières. Personne autour de nous ne se doutait de notre relation. Camille venait assister à mes fêtes de famille, où la fameuse question revenait sans cesse dans la bouche d'un proche : « Alors, Emilie, toujours pas de petit copain ? » Et où mon père rétorquait : « Emilie, elle finira gouine avec sa copine Camille. Elles sont toujours fourrées ensemble ! »…

Je ne répondais pas, mais j'avais le cœur lourd, car je me demandais ce que mes parents diraient s'ils savaient la vérité.

Amour Secret

Comment réagirait ma famille si je me pointais à l'anniversaire d'une cousine main dans la main avec ma Camille ? Quelle serait leur réaction si on se pelotait dans un coin comme le font mes cousines qui roulent des pelles sans cesse à leur chéri ?

***

En 2005, nous avons fêté nos vingt-et-un ans, Camille venait de finir sa troisième année de médecine et moi je venais d'obtenir mon diplôme d'infirmière, et mon premier poste dans un service de pédiatrie d'un grand CHU. Quelques mois après avoir signé mon contrat, nous avons voulu emménager ensemble. Aux yeux de nos parents, nous souhaitions prendre une colocation entre amies. Mes parents ont commencé à avoir des doutes, enfin surtout ma mère qui me questionnait sur mes amours. À mon âge, je ne leur avais jamais présenté d'amoureux, seulement Camille, « ma meilleure amie », mais personne n'abordait réellement le sujet. Tout au plus mon père, lorsqu'il faisait des blagues débiles du genre : « Qu'est-ce qu'une femme qui tire la langue ? Une femme lesbienne en érection. » Cela faisait rire tout son auditoire, et ensuite, la discussion s'animait sur le thème de l'homosexualité : « Je ne sais pas ce que je ferais si mon fils était gay ? » disait ma tante, ou encore : « Imagine que ta fille soit une goudou, tu ne seras jamais grand-mère ? » ajoutait son mari. Dans ces moments-là, je les laissais entre vieux cons avec leurs idées arriérées, je me mettais à l'écart avec ma Camille et je prenais congé de ma famille. Nous nous éclipsions toutes les deux à l'abri des regards indiscrets.

***

Après cinq années passées ensemble, nous avons sauté le pas et pris un appartement. Nous vivions avec mon seul salaire, Camille avait arrêté ses études de médecine pour entrer dans une école de kinésithérapeute, et tout se passait très bien pour nous. Puis un jour, ma mère a fini par découvrir la supercherie. Je m'étais blessée lors d'une chute de ski et elle était venue m'aider à faire le ménage de notre logement quand, au bout de quelques jours, elle s'est rendu compte que, malgré nos deux chambres séparées, un seul lit était toujours défait.

Nous avons eu une très longue discussion toutes les deux et, finalement, elle a accepté la situation. Comme toutes les mamans, elle ne voulait que mon bonheur, même si celui-ci avait les traits de Camille.

— Ce serait te mentir, ma fille, de dire que je ne suis pas déçue par ton choix de vie. J'aurais tellement aimé que tu connaisses les joies d'être maman, que tu fasses de moi une grand-mère comblée. Mais il est vrai aussi que depuis que Camille est entrée dans ta vie, tu as retrouvé cette joie de vivre que tu avais étant petite. Je l'ai toujours dit à ton père que d'avoir Camille dans ta vie te faisait du bien.

J'ai enlacé tendrement ma mère et mes larmes se sont mises à couler :

— Merci, maman, de le prendre ainsi. Je comprends que la pilule ne doit pas être facile à avaler ; pour vous, un couple, c'est un homme et une femme, vous avez beau avoir fait votre adolescence après mai soixante-huit, votre génération n'est pas encore très ouverte d'esprit.

J'ai marqué un temps d'arrêt dans ce monologue avant de reprendre :

— Avec Camille, les choses se sont faites si naturellement, c'était comme une évidence, nos années d'amitié nous ont permis d'apprendre à nous connaître par cœur, et cette amitié quasi fusionnelle s'est transformée en un amour tout aussi fusionnel au fil des mois, des années. Les hommes, ce n'est pas notre truc. J'aime Camille et elle m'aime, notre histoire, cela fait cinq ans que nous la vivons sous vos yeux, maman.

Alors, même si vous ne l'acceptiez pas, cela ne changerait rien pour nous.

Maman a pris mon visage entre ses mains, je m'en souviens comme si c'était hier, et m'a murmuré :

— Si tu es heureuse, ma fille, c'est ce qui compte le plus à mes yeux, quel que soit le ou la partenaire de vie que tu as choisi. Tu es ma fille et ton orientation sexuelle ne changera rien à l'amour que j'éprouve pour toi. Je m'inquiète juste pour la vie que tu vas mener, es-tu prête à entendre la méchanceté des gens sur votre relation ?

— Cette méchanceté, ça fait des années que je l'entends, maman, avec Camille, cela ne nous atteint plus, même les blagues douteuses de papa, nous ne les entendons plus.

Puis, il a fallu l'annoncer à papa. Mon père, ben, c'est mon père ! Toujours égal à lui-même ; à part s'inquiéter des qu'en-dira-t-on, il a seulement affirmé :

— Je vous le disais depuis le début qu'elles finiraient gouines, ces deux-là. Après, tant que ce n'est pas chez moi, ma fille fait ce qu'elle veut de son cul.

Tout en délicatesse, comme toujours.

***

En 2012, dix ans après notre premier baiser, nous avons décidé de nous pacser. C'est un sujet que nous avions déjà abordé, mais sans plus y réfléchir, nous étions parfaitement heureuses ensemble et un bout de papier n'y changerait rien. Mais il y a eu ce tragique accident de voiture, où nous avons perdu l'une de nos meilleures amies. Pour sa compagne survivante, il s'en est suivi une bataille juridique pour sa succession, et ce jour-là, nous avons compris qu'aux yeux de la loi, nous n'étions rien l'une pour l'autre, tout au plus des concubines, et

Par Bella Doré

que ce que nous avions acquis ensemble ne reviendrait pas à l'autre en cas de décès prématuré. Alors, après un rapide passage au tribunal, nous voilà liées par le pacte civil de solidarité. Le PACS, c'est un peu comme un mariage, mais sans les jolies tenues et tout le tralala qui va avec, et puis maintenant, nous étions un couple aux yeux de la loi, et aux yeux de tous, en fait. Pour Camille et moi, rien n'avait changé, on s'aimait comme au premier jour.

***

En février 2014, pour nos trente ans, Camille a mis un genou à terre et m'a demandée en mariage. Nous venions de nous associer dans un grand cabinet médical à la campagne, qui cherchait du personnel paramédical, elle comme kiné et moi comme infirmière. Nous avions emménagé quelques mois plus tôt dans le petit pavillon moderne que nous venions de faire construire dans ce même village.

J'ai tout naturellement dit oui, il ne pouvait en être autrement. Pour nous, le mariage, c'était être enfin reconnues comme n'importe quel couple ; que l'on soit homo ou hétéro, on devrait avoir les mêmes droits, on doit avoir les mêmes droits, même si certains ne sont pas encore acquis.

En septembre, nous avons organisé un mariage en petit comité dans le restaurant du village avec notre famille proche et quelques amis.

Même si la pilule avait eu du mal à passer pour nos parents, aujourd'hui, nous sommes en couple depuis douze ans et tout le monde a fini par nous accepter comme tel.

Camille était magnifique dans son tailleur-pantalon trois-pièces rose poudré, avec sa chemise blanche et sa cravate fuchsia. Moi, je portais une robe blanche taille Empire avec une longue traîne et des broderies rose poudré, disséminées un peu partout. Notre mariage fut le plus beau à nos yeux, tout en simplicité et en générosité, fidèle à notre image.

***

Puis vint le mois de janvier 2015, avec son jour de l'An et ses bonnes résolutions. Il est minuit, tout le monde s'embrasse en se souhaitant « la bonne année », et c'est ce moment que Camille choisit : elle me regarde droit dans les yeux et prononce les mots que nous n'avons jamais réellement évoqués, trop occupées à construire nos carrières et à vivre notre amour.

— Lily, tu es la femme de ma vie, je t'aime comme jamais je n'ai aimé personne et j'aimerais que tu deviennes la mère de nos enfants.

Par chance, j'étais bien assise sur ma chaise, sinon j'aurais fini le cul par terre. Comment vous dire ?! Les enfants, c'est un sujet que nous n'avons jamais abordé sérieusement. Nous en avons parlé un peu, bien sûr, surtout au début de notre relation, mais à dix-huit ans, nous avions vite conclu qu'avoir des enfants, ce n'était pas fait pour nous, qu'en étant lesbiennes, c'était quasi impossible. C'était sans compter la naissance de la petite Juliette, deux mois auparavant, la fille d'un couple d'amies. Elles avaient économisé pendant quelques années avant d'aller en Espagne pour faire une insémination artificielle. Elles eurent beaucoup de chance que la première tentative fût couronnée de succès.

Je pris une grande inspiration avant de lui répondre :

— Euh ! Oui… Enfin ! Pourquoi pas ? bégayai-je. Mais tu sais que cela va être un vrai parcours du combattant ?

— Je sais, ma chérie, mais plus je vieillis et plus je pense que la seule chose qui nous manque aujourd'hui sont des rires d'enfant dans la maison.

Les semaines qui suivirent, la question des enfants revint régulièrement sur la table. Chacune de notre côté, nous faisions des recherches ; ce n'est pas que nous ignorions comment faire des bébés, bien sûr, mais plutôt parce que nous avions besoin d'en savoir plus sur les différentes possibilités d'en avoir quand on est un couple de femmes.

Nous avons commencé par ce que j'appellerai « la méthode la plus simple » et avons fait le tour de nos quelques amis masculins, afin de savoir lequel serait prêt à nous donner son sperme pour effectuer une insémination artisanale, sans grand succès. Eh oui ! Nous en étions là.

Enfin, nous avons commencé à étudier la possibilité de la PMA. Ce parcours si long et complexe nous a tellement effrayées que nous avons mis ce projet entre parenthèses pendant presque quatre ans.

Un beau jour, il y a quelques mois, la question d'un bébé est revenue dans une conversation. En voyant tous ces ventres s'arrondir autour de nous au fil des années, j'ai eu envie de connaître cette sensation. Camille, de son côté, souhaitait toujours avoir des enfants, mais la grossesse lui faisait peur.

Alors, nous sommes reparties dans nos recherches et avons fini par prendre un rendez-vous en Belgique. Nous habitions dans le nord de la France, à quelques kilomètres de la frontière franco-belge, et la Belgique est devenue notre terre d'accueil pour ce bébé qui mûrissait de plus en plus dans notre esprit.

En juin 2019, nous avons rencontré un gynécologue dans une clinique privée, qui a accepté de nous suivre dans notre démarche. Après avoir subi une batterie d'examens toutes les deux, il a été convenu que je porterais notre enfant. Pour la modique somme de cinq cents euros, j'ai donc pu bénéficier d'une insémination artificielle en septembre 2019. Tout a parfaitement fonctionné. Je ne dirai pas que j'ai eu une grossesse idyllique, n'est-ce pas ! Nausées jusqu'aux sixième mois, sautes d'humeur, prise de poids excessive et diabète gestationnel. Même Camille nous a fait une couvade, elle jouait son rôle d'épouse à la perfection. Je la taquinais d'ailleurs. Dans nos couples d'amis hétérosexuels, on entend toujours la future mère se moquer du papa qui prend du bide à mesure que son ventre à elle s'arrondit. Pour Camille et moi, c'était pareil, cette situation nous amusait.

Et comme nous ne faisons pas les choses à moitié toutes les deux, le 20 mai 2020, j'ai donné naissance à nos deux petits anges Luna et Noah, des faux jumeaux. Après une dizaine d'heures de travail, entourée par ma Camille qui a été formidable – ça n'a pas été facile pour elle de me voir souffrir et d'être impuissante – nous avons entendu leurs premiers cris. C'est elle qui a coupé le cordon des petits, le personnel de la clinique l'a traitée comme le deuxième parent, et ça, c'était vraiment merveilleux.

***

Aujourd'hui, nos petits loulous viennent de fêter leurs deux mois, Camille a repris le travail, et moi, je profite encore de mon congé maternité. Nos familles sont sous le charme de nos petits anges, et les aprioris de tout le monde sont retombés. Ma mère est heureuse d'être enfin grand-mère et mon père prend son rôle de grand-père très au sérieux ; il a même arrêté ses blagues douteuses, du moins en ma présence.

Camille a commencé la procédure d'adoption pour Luna et Noah, car pour l'instant, aux yeux de la loi et sur le papier, ils n'ont qu'un seul parent. Actuellement, quand un enfant naît au sein d'un couple de lesbiennes, la loi reconnaît la mère biologique, mais dans la case « père », il n'est pas encore possible d'y apposer le nom de son épouse.

Par Bella Doré

Pourtant dans la vie de tous les jours, nous sommes bien les mamans de nos deux bouts de choux, ils ont leur « maman » et leur « manou ».

Nous n'excluons pas l'idée de réitérer cette expérience dans quelques années, car après mon accouchement, Camille m'a dit qu'elle tenterait bien l'aventure d'une grossesse maintenant qu'elle l'a vécue de l'extérieur.

Qui sait, peut-être que pour nos quarante ans, nous reviendrons vers vous pour vous annoncer un heureux évènement. Peut-être aussi que la case « père » se transformera en « second parent » et que nous pourrons y apposer directement mon nom à côté du sien…

Toute ressemblance de cette romance avec des personnes ou des faits existant ou ayant existé n'est absolument pas fortuite.

L'émergence

Par Mélody Galéa

Je ne crois pas au hasard. Je n'y ai jamais cru. Je pense également que tout a une raison d'être. Pendant longtemps, j'ai voulu témoigner de mon histoire, sans jamais oser le faire. Peut-être est-il temps. Mon histoire est finalement plutôt banale, plutôt classique. Comme il doit en exister des tas. Et au fond, je l'espère... un peu de simplicité dans ce monde de brutes.

J'étais une petite fille ce qu'il y a de plus classique. Des cheveux longs jusqu'aux fesses, des robes qui tournent, des rêves peuplés de princesses et de princes charmants, d'un mariage avec un carrosse et des chevaux blancs. Le début de mon adolescence était tout aussi similaire. J'étais amoureuse en secret du garçon le plus populaire du collège. Mais j'étais aussi la fille timide, secrète, solitaire, pas très à l'aise avec son corps. Et pourtant, il m'a remarquée, moi, parmi tant d'autres... Mes premiers émois d'adolescente, mes premiers coups de cœur et au cœur...

Mais la première fois que je suis vraiment et totalement tombée amoureuse, j'avais quatorze ans. Il y avait cette fille, la nouvelle qui venait d'une grande ville. Mes amis l'avaient pris sous leur aile et elle a intégré tout naturellement notre groupe d'amis. Pourtant, je ne l'appréciais pas particulièrement. Je la trouvais tellement... différente. Elle me mettait un peu mal à l'aise avec son allure de garçon manqué et sa manie de ne jamais détacher ses cheveux. Nous avons appris à nous connaître et nous nous sommes rapprochées. Elle est ainsi très rapidement devenue l'une de mes meilleures amies, je voulais tout le temps être avec elle. Elle avait ce sourire qui allumait un véritable soleil dans ma poitrine. C'était chaud et lumineux au creux de mon ventre à chacun de ses regards. À chaque fois que l'on se voyait ou que l'on se quittait, on passait de longues

L'émergence

minutes enlacées. Je me sentais alors entière et complète. Mais à ce moment-là, jamais je n'ai pensé que je pouvais avoir des sentiments autres que de l'amitié envers elle, malgré cette affection physique que nous avions l'une envers l'autre et que je n'avais pas avec mes autres amies.

Jusqu'à un soir du mois de mars. Même quinze ans après, je m'en rappelle encore. Les jours commençaient à rallonger. Les volets en bois de la chambre étaient entrecroisés, laissant passer un petit peu de lumière en cette fin de journée. Les couleurs du coucher de soleil venaient colorer son visage. Tantôt jaune, tantôt orangé. Et là, j'ai su. J'ai senti comme une vague au creux de mon ventre, je la sentais enfler de plus en plus, devenir de plus en plus lourde à l'intérieur de moi. Je désirais poser mes lèvres sur les siennes. Pour fusionner encore plus que lors de nos étreintes amicales. Je voulais goûter ses lèvres, et rien que d'imaginer leur douceur, j'en frissonnais. J'avais également très peur, peur de sa réaction, de ce qu'elle pourrait dire, de comment elle pourrait réagir. Mais je ne voyais qu'elle, ses grands yeux qui me regardaient avec curiosité et sa bouche légèrement entrouverte qui laissait apparaître la blancheur de ses dents. Je lui ai demandé de fermer les yeux et de me faire confiance. Ce qu'elle fit, à ma grande surprise. Mon cœur battait de plus en plus vite, l'hésitation montait en moi. Je n'avais alors encore jamais ressenti ça. J'ai commencé par lui déposer un baiser sur la joue. Puis sur l'autre. Puis, ce furent ses yeux, son front ainsi que son nez. Mon cœur s'est alors arrêté de battre quelques instants, et j'ai osé poser mes lèvres sur son menton. Puis je suis remontée jusqu'à la commissure de ses lèvres. Je l'ai senti tressaillir sans pour autant trouver ma présence désagréable ou dérangeante. Et là, j'ai enfin osé poser ma bouche contre la sienne. Timidement, puis plus fort. Quand elle ouvrit de nouveau les yeux, je vis qu'elle était bouleversée, mais elle n'avait pas l'air de ressentir les émotions négatives qui me faisaient si peur. Ni dégoût, ni jugement, ni peur. Je pense que j'ai osé le premier pas qu'elle n'a pas osé faire de son côté. Quelques heures après, nous étions toujours isolées dans cette chambre et nous avons continué de nous embrasser. Ce fut le baiser le plus important de toute ma vie.

Pourtant, cette nuit-là, je n'ai pas trouvé facilement le sommeil, obnubilée par mes pensées et mes tourments. J'avais embrassé une fille, je l'avais embrassé elle et j'avais aimé ça. Je n'avais envie que d'une seule chose : recommencer ! Mais j'étais également envahie par la peur. La peur des autres. Du jugement. Qu'est-ce que ce baiser voulait dire de moi ? Comment me définissait-il ? Cette question m'a poursuivie pendant des années. Je refusais de m'y confronter. Je ne voulais pas être définie par qui je pouvais aimer. Parce qu'après tout, ce n'était pas son corps de jeune femme qui me donnait l'impression de marcher sur un nuage, mais bien elle et tout ce qu'elle était. Et qu'importe qu'elle soit née fille, j'aimais son âme, pas son corps. Je disais à qui voulait l'entendre qu'elle était l'exception à la règle, que si notre histoire devait se terminer, jamais je ne serais avec une autre fille. Notre histoire a duré sept ans. Avec des hauts et des bas, de courtes séparations parfois. Quand de son côté, elle souhaitait explorer son attirance pour les femmes, je me battais contre moi-même en affirmant ne désirer qu'elle. Dans un sens, c'était vrai. J'étais profondément amoureuse, au point de n'avoir même plus l'envie de vivre si elle n'était plus là. Comment aurais-je pu désirer quelqu'un d'autre ? J'étais bien trop éprise d'elle. Je pense qu'ainsi, je me suis autoconvaincue. En ne voulant en aucun cas me définir, je me suis très peu écoutée et j'ai traversé l'adolescence sans vraiment savoir qui j'étais.

Je pense que je fais partie des chanceuses malgré tout. Très rapidement après ce premier baiser, j'en ai parlé à ma mère, ma

L'émergence

grande confidente de mes années d'adolescente. Sans tabou, sans peur de sa réaction, ou presque, je lui ai annoncé de but en blanc que cette fille était bien plus qu'une amie et que nous étions amoureuses. Je pense que pendant longtemps, elle ne m'a pas crue. Mais le positif dans cette réaction, c'est qu'elle a continué de faire comme avant. Je pouvais passer tout mon temps avec elle, cela ne lui posait a priori aucun problème. Avec le recul, je me demande si son absence de réaction n'était pas une façon de fermer les yeux sur quelque chose que l'on refuse de voir... Était-ce une réaction d'amour inconditionnel ou bien simplement une manière d'occulter la réalité ?

Du côté de mon père, ce fut un peu similaire, même s'il nous taquinait régulièrement sur quand nous trouverions un amoureux. L'un comme l'autre, ils n'ont jamais eu de réaction négative et m'ont observée de loin mener ma barque comme je l'entendais. Je pense qu'à ses yeux, ce n'était qu'une passade, une amourette d'enfance qui prendrait fin très rapidement. Mais, finalement, au bout de sept ans, personne n'y trouvait à redire, en tout cas devant nous ; elle faisait partie intégrante de ma famille.

Nos amis de l'époque ont été très surpris par la tournure de notre relation, mais de ce côté non plus, nous n'avons essuyé aucune critique. Tout semblait normal et naturel à tous. Nous ne nous sommes jamais cachées, même dans l'enceinte de notre collège. Et c'est là que nous avons commencé à rencontrer des réactions négatives. À l'époque, nous avions même été convoquées devant le principal qui nous avait clairement demandé de nous tenir à distance l'une de l'autre ! Mais pour nous, il était inconcevable de garder une distance alors que les autres amoureux pouvaient se tenir par la main dans la cour de récréation ! Pourquoi n'en aurions-nous pas eu le droit ? À cet instant, on a commencé à me faire ressentir que j'étais différente. Certains élèves de l'établissement nous insultaient ou nous posaient des questions complètement déplacées. On nous montrait du doigt, nous insultait de loin. Mais hors de question de me laisser faire. Je n'avais pas honte de l'aimer et je ne voulais pas me cacher. Ma plus grande protection était d'assumer. Non, je n'étais pas lesbienne, mais avec elle, c'était différent. Je n'ai jamais eu peur, car nous n'avons jamais eu à subir d'agression physique à cette période, mais malgré tout, je garde une certaine appréhension des foules. Nous ne nous sommes jamais cachées dans la rue non plus malgré les regards et les remarques. Celles-ci pouvaient venir d'autres jeunes de notre collège, ou pire, d'hommes plus âgés, que nous ne connaissions pas du tout ! Et nous n'avions que quatorze ou quinze ans à cette époque… Galvanisée par l'amour, je n'ai jamais eu honte ou peur de quoi que ce soit. Oui, nous avons eu beaucoup de chance, à cette époque.

Je suis donc devenue une jeune femme qui a continué d'évoluer de façon plutôt classique. Que ce soit dans ma famille ou mes amis, j'étais la seule en couple avec une fille. Je n'avais aucune connaissance du milieu LGBT et ne souhaitait pas forcément le découvrir. Je me suis construit une relation hétéro-normée somme toute assez classique. Jamais l'idée ne m'avait effleurée que je puisse être traitée différemment dans mes choix parce que j'étais en couple avec une femme. Une fois en CDI et installée dans notre premier appartement, l'envie de mariage et de bébé a commencé à pointer le bout de son nez. Et j'ai ainsi été confrontée de plein fouet à la définition du mot DIFFÉRENT. Nous étions en 2010 et le mariage pour tous n'était pas encore d'actualité. Ce désir de mariage que je pouvais éprouver était jugé comme illégal. Ce n'était pas « normal » d'avoir envie de se marier quand on est en couple

L'émergence

avec une personne du même sexe que soi. Même au sein de ma famille qui ne m'avait jamais fait ressentir une quelconque différence sur ma relation amoureuse, j'ai pris part à des débats qui m'ont profondément marquée. On s'est permis de juger mes désirs et mes rêves, on a pointé du doigt l'irréalité de mes sentiments et de mes envies : « Tu as choisi d'être en couple avec une fille, tu ne peux pas avoir envie de te marier », « le mariage, c'est pour un homme et une femme »...

Alors non, je n'ai pas choisi. Je n'ai pas choisi le sexe de la personne que j'aime. Et je ne comprenais vraiment pas en quoi ce non-choix devait influencer toute ma vie. J'étais une personne comme une autre qui souhaitait seulement vivre heureuse et me marier en robe blanche, quel que soit le sexe de la personne que je souhaitais épouser. Il n'y avait aucun mal là-dedans. Mon rêve ne faisait de mal à personne... je ne comprenais pas pourquoi je devais subir ces jugements sur ma vie. Qu'avais-je fait de mal ? Ce n'était que de l'amour... J'ai commencé doucement à me rebeller dans mon cercle familial afin de leur faire comprendre que je souhaitais seulement avoir le choix. Le choix de me marier ou non, et avec qui je le voulais. Pourquoi aurais-je été traitée différemment d'un ou d'une autre seulement parce que la personne auprès de qui je m'endormais le soir était du même sexe que le mien ? Qui pouvait se permettre de juger si oui ou non mes désirs étaient normaux ? Alors oui, le Pacs existait, mais il me faisait me sentir anormale, différente. Alors que pendant toute mon adolescence, je n'avais jamais eu à ressentir ces émotions-là. Je ne m'étais jamais questionnée sur les notions de normalité ou même de différence. Après tout, qui cela regardait réellement ? Je pouvais bien mener la vie que j'entendais. L'amour a toujours été de l'amour à mes yeux, sans étiquette de normalité ou de légalité. Je souhaitais seulement pouvoir me marier comme n'importe qui, sans enlever de droit à qui que ce soit, juste avoir les mêmes droits que je choisisse d'épouser un homme ou une femme.

Être libre de mes choix.

Face à ces différentes confrontations familiales, j'ai décidé de lever la tête de mon petit monde pour voir les choses de façon plus globale.

Je n'avais encore jamais participé à une Gay Pride. Je ne me sentais pas forcément « concernée » ni faisant partie d'une « communauté ». Cela me renvoyait à une certaine différence que je n'avais jamais réellement ressentie jusque-là. Pourquoi se renseigner sur des « minorités » alors que l'on se sent normale ? Je n'arrivais pas encore à saisir en quoi mon style de vie différait de la norme.

Parallèlement, mon couple commençait à battre de l'aile. Mes envies étaient claires malgré mon jeune âge : je voulais m'installer concrètement (acheter une maison, me marier, faire un enfant). Mais ce n'était pas le cas de celle qui partageait ma vie de l'époque. Après sept années passées à grandir ensemble, son seul désir était de se découvrir, d'explorer sa sexualité, avant de réellement se stabiliser dans une vie de couple. Et malgré tout l'amour que nous pouvions encore éprouver l'une pour l'autre, nos chemins devaient se séparer.

J'ai donc commencé à faire des rencontres qui ont radicalement changé ma vie : un groupe de copines exclusivement lesbiennes qui m'ont fait découvrir tout cet univers resté pour moi inconnu pendant toutes ces années. Ce fut comme un lever de rideau sur un monde inconnu, accessible uniquement aux membres de sa communauté. Je pense que, fatalement, on ne voit seulement que ce que l'on souhaite voir et qu'il est très facile de mener sa barque dans ce monde sans voir ni chercher

L'émergence

à comprendre la façon de vivre des autres. C'est ainsi que j'ai participé à ma première Gay Pride, celle de Toulouse, puis d'autres, notamment celle de Lyon. J'ai découvert des bars réservés aux femmes qui aiment les femmes, des sites de rencontre sur Internet, des groupes sur Facebook, des séries 100 % lesbiennes… J'ai découvert un monde totalement différent et tellement éloigné de tout ce que j'avais connu en tant qu'adolescente. Pourtant, tout avait toujours été là, sous mes yeux, à portée de main… Certaines de mes amies fréquentaient ce milieu depuis le début de leur adolescence. Je n'avais rien vu, car il était alors beaucoup plus simple de se conformer à une vision « hétéro-normée » de mon quotidien. Grandir et se construire dans une certaine normalité, pour au final ne pas déranger, ne pas faire de vagues.

Pourtant, il m'était toujours très difficile de me sentir « lesbienne ». À ce moment-là de ma vie, je n'ai connu qu'une seule autre relation avec une femme qui aura tout de même duré quatre années. Une relation de nouveau fondée sur un concept hétéro-normé du couple, avec le fameux « celle qui fait la femme » ; « celle qui fait l'homme ». C'était rassurant pour moi encore à cette époque de calquer ma vie et mes relations sur un schéma « classique ». Car, même si j'avais de nouveau rencontré une femme pour qui j'éprouvais des sentiments amoureux, je ne voulais pas que l'on me catégorise en tant que lesbienne. Que l'on m'appose une étiquette sur mon style de vie me rendait dingue. Je voulais être transparente, ne pas faire de vagues, mener ma barque sans remous dans l'océan… Être en couple avec une femme au look plutôt masculin me permettait de jouer sur l'ambiguïté des choses. Je me sentais à l'abri, protégée, d'une certaine manière, des critiques et des jugements. Je me suis, dans un certain sens, protégée de moi-même, je m'effaçais, sous le couvert d'un couple « classique » en apparence, pour ne pas avoir à assumer qui je pouvais être réellement au fond de moi…

Je ne me suis jamais sentie réellement à ma place dans cette relation. Même si elle m'aura permis de guérir de ma rupture d'avec mon premier amour, je n'avais pas la sensation que cette relation m'aidait à « grandir », à évoluer en tant que jeune femme adulte. Mais elle m'aura apporté beaucoup de douceur et de confiance en moi, pour justement accéder à la vie que je me suis construite aujourd'hui. Cet épisode de ma vie m'a fait prendre conscience des difficultés que certaines femmes ou jeunes adolescentes ont pu traverser dans leur vie. De leur coming out où elles ont été rejetées par leur famille, des difficultés rencontrées sur leurs lieux de travail… et de tous les aspects négatifs auxquels je n'ai jamais eu à être confrontée. J'ai pris conscience à ce moment-là que le reste de mon chemin risquait d'être plus compliqué que le début de mon parcours. L'innocence m'avait complètement quittée.

Les manifestations ont commencé à pleuvoir contre la loi du mariage pour tous. Les gens descendaient dans les rues crier leur haine contre des couples comme nous, contre nos idées de vouloir avoir les mêmes droits, nous qui avions les mêmes devoirs, d'oser dire que nous voulions être égaux devant la loi. J'ai commencé à me sentir mal à l'aise face à cette déferlante de haine. Je ne voulais plus me limiter aux débats familiaux ; j'ai commencé à vouloir avoir une voix devant toute cette haine, une voix face à ces gens, face à ces familles qui, au lieu d'apprendre à vivre dans la tolérance, avaient fait le choix d'entrer en guerre. C'était une guerre face à notre existence propre. Et pourtant, ne me sentant pas tout à fait épanouie dans mon couple, je me suis souvent tue, j'ai souvent caché ma vie par peur de conflits, de représailles, de discriminations, notamment sur mon lieu de travail. Je n'étais pas ouvertement « out », je n'acceptais ni ce que j'étais ni le fait d'avoir une vie pas tout à fait classique, au sens donné par notre société. C'était un combat intérieur perpétuel.

Mes rêves de petite fille ne se limitaient pas seulement au rêve de mariage. J'avais également envie d'avoir des enfants. J'avais envie et besoin de me battre pour la famille que je voulais construire. Pour qu'elle soit acceptée comme toutes les autres familles, et j'étais loin d'imaginer que ce serait un parcours du combattant qui m'attendait. Vouloir concevoir un ou des enfants quand on est un couple gay en France est illégal. On est très peu aidés ou accompagnés dans ce parcours. Oser en parler aux professionnels de la santé est déjà une étape importante. Certains médecins (gynécologues, sages-femmes ou autres…) ont clairement un positionnement homophobe et font preuve de peu de tolérance. Certaines femmes sont obligées de faire des centaines de kilomètres pour rencontrer des professionnels « gayfriendly ». Être lesbienne n'empêche en rien de souffrir de problèmes de conception. Parfois, lors du premier rendez-vous, certains professionnels vous font clairement comprendre qu'en raison de votre sexualité, ils ne feront rien pour vous. Quelquefois, c'est sous-entendu, parfois, plus violent… Et d'autres sont d'une bienveillance et d'une gentillesse incroyables. Ils font preuve de compréhension et d'humanité. C'est de ceux-là dont j'ai envie de me souvenir dans mon parcours. Encore aujourd'hui, en 2020, vous avez beau vous sentir « normal », avoir une vie classique et stable, on viendra vous faire remarquer que vous n'êtes pas comme monsieur ou madame Tout-le-Monde. Vous êtes différent, voire anormal pour certaines personnes. Et vous devez encaisser les attaques sans forcément les avoir cherchées.

Mon fils aîné est né dans ce contexte, en 2013, où la loi du mariage pour tous a finalement été votée. Grand changement pour nous, mais pas pour lui. Officiellement, mon fils n'a qu'une seule maman, et s'il devait m'arriver malheur, tout serait encore plus difficile pour ceux qui restent. Il existe certaines parades administratives, qui pourtant, là encore, vous font ressentir toute cette injustice française. Parce que vous aimez quelqu'un du même sexe que vous, vous devez vous justifier auprès d'un notaire (qui, au passage, vous fera sortir le chéquier), faire une demande d'adoption auprès d'un tribunal alors même que c'est votre propre enfant…

La naissance de mon fils m'a permis de me sentir plus femme. Il m'a fait grandir, mûrir. Je suis devenue maman, mais également plus affirmée. Que je l'élève avec une femme ou un homme ne changeait en rien mon statut de mère. J'étais maman. Dans un sens, je me suis sentie plus légitime dans ma façon de vivre ma vie. C'est à cette période que j'ai vraiment commencé à accepter ce que ma vie pouvait avoir de différent aux yeux des autres. Plus en phase avec moi-même, avec ce que la vie pouvait avoir à m'offrir, je commençais enfin à m'accepter telle que j'étais.

Et puis il y a eu Elle. La femme de ma vie. Celle qui m'a révélée, voire même éveillée. Après des années d'amitié, j'ai pris un jour mon courage à deux mains pour lui avouer mes sentiments. Ce fut une explosion. Une explosion de tous mes sens, de tous mes ressentis, une remise en question intense qui a été profonde et qui m'a révélée à moi-même. Je me suis enfin rencontrée. Je n'avais plus honte de mes sentiments et de ce que j'étais sur cette Terre. Il aura fallu des mois et des tas de nuits blanches aux discussions endiablées pour me faire avouer tout ce que j'avais toujours renié par peur du reste du monde. Mais avec elle, avec sa main dans la mienne, je n'avais plus

L'émergence

peur de rien. Elle est la partenaire de vie que tout un chacun rêve de rencontrer. Celle qui te pousse avec douceur pour te sortir des sentiers battus.

Aujourd'hui, je me sens libre de dire que j'aime les femmes. Je n'en ai plus honte. Je suis fière de dire que je suis mariée à une femme extraordinaire que j'aime de tout mon être. Fière de dire que nous sommes une famille ; une petite princesse est venue bouleverser nos vies. Je ne me cache plus et accepte tous les sentiments que j'ai en moi. J'ai compris qu'on passe sa vie à se chercher. Qui que l'on soit, qu'importe qui on aime. On évolue sans cesse au cours de sa vie.

Tout devrait être normal et limpide. Il ne devrait pas y avoir de coming out, tout devrait être simple et accepté comme tel. La société ne devrait pas nous renvoyer une image de différence, d'anormalité. Parce que même quand tout va bien, on se retrouve confronté un jour ou l'autre à la discrimination pure et simple. Ce que j'ai envie de retenir, c'est que seul l'amour compte. Qu'il ne faut avoir honte de rien et encore moins de ce que l'on peut ressentir. Nos émotions sont légitimes, quelles qu'elles soient. Il suffit de les accueillir avec bienveillance. S'écouter. S'autoriser à être soi-même. Même si on ne rentre pas dans les « normes ». Parce qu'il n'y a rien de plus normal que l'Amour.

Anaïs & Constance

Par Denis Morin

Anaïs rentre les courses avec sa mère. Elle semble pressée d'en terminer avec ces tâches d'une banalité sans nom : dépôt de vêtements au pressing, boulangerie, boucherie, fromagerie. Il reste les poussières, puis les parquets à laver, à cirer, sans compter les recettes qui s'élaborent sous commentaires prétendument formateurs, mais qui la rabaissent sans cesse.

— Ma fille, faudra t'y faire avec la tenue d'une maison, c'est plus prenant que de bosser à l'extérieur. Tout doit être parfait pour honorer ton mari et les proches. Les invités n'ont pas à sursauter pour une nappe tachée et une recette fade. Cesse de rêver... Les études, c'est bien beau, mais...

— Mère, ça ne m'intéresse pas de récurer les marmites et de touiller la soupe pour la famille, d'entendre les cancans de l'épouse d'un sénateur, d'opiner du bonnet, alors que tout est possible...

La mère soupire si souvent, découragée face au déni d'une vie toute tracée devant elle, décidée pour elle. La jeune universitaire se doute bien que ses parents petits bourgeois de Saint-Cloud vont lui arranger un mariage avec un cousin de Turin ou de Venise. De cette vie-là, elle n'en veut pas le moins du monde. Elle parle l'italien par goût de la culture et parce que ça fait chic, pourtant, les racines sont une tout autre histoire, même si les cardinaux et les ducs de son arbre généalogique veillent dans les musées de Rome et de Florence. Elle en est fière, mais elle n'en fait pas étalage dans ses conversations. Elle se dit que cela relève du patrimoine familial et que le poids de l'Histoire ne doit pas l'empêcher d'aller de l'avant.

— Ma fille, je lis dans tes pensées. La tradition, c'est la tradition. Point barre. Basta !

— Je ne veux pas d'une alliance avec un consanguin, si riche et si mignon soit-il.

À cette réplique, elle essuie une gifle de sa mère.
— Petite impertinente. *Testa d'asina*[1].

Anaïs rêve de terminer ses études en journalisme, d'écrire un futur prix Femina, d'être une nouvelle Françoise Sagan, d'aller en boîte avec sa copine Constance et de la tenir par la taille tout en buvant un martini. Elle veut refaire le monde avec des critères de femmes qui s'aiment.

Au retour des courses, sa mère accapare le portable de sa fille et envoie un message texte à Constance : « Désolé. Fête à préparer avec ma mère et la nonna. À lundi. »

De son côté, Constance fait la moue à brûle-pourpoint en lisant le mot reçu d'Anaïs. Elle se montre incrédule, se disant qu'elle ne peut subir cet affront, surtout pas par sa douce amie. Annuler une sortie en boîte, ce n'est pas possible. Ça ne se fait pas, selon ses critères. En outre, ce n'est pas du tout du style de sa copine de décliner le jour même une sortie. Il y a anguille sous roche.

Constance, relationniste pour des maisons prestigieuses, mord dans la vie. Elle compte dans son portfolio une maison de haute couture, des éditeurs littéraires et musicaux de France et une éditrice montréalaise en plein envol. On ne lui dit pas non tant dans sa vie personnelle que professionnelle. Elle a pris ses galons à coups sur la tronche et à force d'audaces qui ont fini par lui ouvrir des portes. Oui, elle a eu de l'aide au début, mais elle a livré bataille par elle-même.

Elle mène sa vie comme bon lui semble, depuis que son père vivant à Saint-Ouen l'a foutue à la porte après qu'il ait découvert ou compris qu'elle ne lisait que de la littérature féminine et féministe et que, de toute manière, elle n'avait rien à cirer des archétypes standardisés liés au patriarcat et au machisme.

---

[1] Tête d'ânesse.

Un jeudi soir, elle mit son père qui picolait un peu trop en rogne, à la suite d'une divergence de points de vue.

— Dehors, ne reviens plus, sale gouine dégénérée. Tu es la honte de la famille avec tes bas troués et tes bottes. Tu as la féminité d'un bûcheron.

Elle répondit :

— Je n'ai plus de toit. Tant pis. Vous me pleurerez tous dans le noir. Quant à toi, vieux con, j'irai pisser sur ta tombe. Tu es déjà mort. Je dégage. Tu pues le mauvais vin et le cigare bas de gamme.

Le père se leva pour frapper sa fille aînée, mais perdit l'équilibre. La mère trop pleutre et le frère trop couillon pour intervenir firent leurs adieux en silence, la larme à l'œil, prostrés. Double fracas. Le père chuta au sol et la fille claqua la porte de l'appartement en gueulant sa colère d'être incomprise et rejetée. Il n'y avait jamais de demi-mesure avec Constance. Elle était si authentique qu'elle en était souvent blessante. Par contre, elle savait se défendre contre les coups de gueule de l'existence. Les deux voisins du dessous avaient ouvert leur porte pour connaître l'origine de ce boucan. Elle les insulta en passant, tant qu'à maintenir une ambiance désastreuse. Elle dévala l'escalier en vis à jour et marcha jusqu'à la librairie Sapho dans le 17ᵉ arrondissement de Paris. Monique, la proprio, lui avait offert un café, un livre de Yourcenar, un lit et des bras pour crécher le temps de se ressaisir. Grâce à Monique, elle put dénicher ce boulot de relationniste, car celle-ci avait des relations dans les médias et les boîtes de publicité. Elle apprit à mieux se vêtir, tout en conservant une gouaille audacieuse qui deviendrait sa marque de commerce.

Bref, ce passé est révolu ou presque. Il lui arrive à l'occasion de représenter une société raffinée auprès de fournisseurs tels que parfumeurs et artisans français liés à la mode, de tourner le coin d'un corridor, puis d'entendre un ricanement et une rumeur du style :

— J'espère qu'on n'aura pas un relationniste efféminé ou bien une virago.

Elle entre dans la salle arborant le plus carnassier des sourires...

— La virago vous demande de diminuer le coût de votre apport de 10 % pour vous apprendre à tenir vos langues d'imbéciles suffisants et mesquins et à gommer votre homophobie. Si vous n'acceptez pas, je passerai le contrat à des fournisseurs roumains, bulgares et japonais qui ont des manières plus respectueuses que les vôtres, Messieurs. Eux ne me feront pas perdre la face. D'ailleurs, il semble que c'est moi qui tire les ficelles en ce moment. Vous ne trouvez pas ?

Puis, le lundi suivant, Anaïs raconta sa fin de semaine d'esclavage auprès de ses parents à Constance... des poussières à la confection des cannellonis, selon la recette de la nonna qui supervisait la cuisine. Bref, quelle galère ! Son amie lui parle de liberté, d'affranchissement et de liberté assumée. Les deux jeunes femmes s'entendent sur leur besoin d'évoluer et de se retrouver le plus souvent possible, mais comment déjouer l'emprise de la *famiglia* ?

Constance a soudain une idée de génie, du moins le croit-elle !

— Nous sommes fin mai. Tu as terminé la fac pour cette année et je déborde de dossiers. À deux, on formerait un duo du tonnerre. Ça te dirait de te rendre avec moi en TGV à Bordeaux, Lyon, Marseille, Strasbourg ? J'ai aussi planifié un voyage à Gênes où je dois y rencontrer un jeune couturier fabuleux. Tu parles la langue de Dante, ne me refuse pas cette offre.

— Si, si, si. Par contre, tu auras à convaincre ma mère.

— Dis-lui que je dois parler de ton avenir avec elle demain soir, à 19 h. Que ton portable soit ouvert !

Anaïs se réjouit par anticipation de ce plan et promet à sa copine Constance de jouer la candide à la maison. Le lendemain soir, la relationniste contacte la mère de sa copine.

— Madame Boni, *buona sera.*

— Oui, Constance. Qu'y a-t-il ? Tu vas m'accuser de trop couver ma fille !

— Justement, parlons de votre fille. Elle vient de terminer un trimestre à la fac, et les études, ça coûte cher...

— Pour ce que ça donne quand on est une fille...

— Madame Boni... Je veux embaucher votre fille pour l'été. Elle doit gagner du blé pour se constituer un trousseau de mariée.

— Quelle bonne idée. C'est important, les traditions... Enfin quelqu'un qui m'approuve.

— Mais pour ce faire, elle devra habiter chez moi, parce que nous aurons souvent des déplacements à effectuer vers les grandes villes de l'Hexagone, même jusqu'en Italie, dans la plus grande discrétion.

La mère Boni voit là l'occasion de donner à sa fille une impression de liberté, tandis que le père Boni et la nonna désapprouvent par des simagrées. Sa fille pourrait par la même occasion vibrer à ses racines italiennes, le temps d'un voyage. Tout s'alignait, selon ses plans bien dressés d'avance depuis des mois, pour ne pas dire des années. La *famiglia* s'était concertée. En octobre, on prévoyait des fiançailles, et pour Noël, un mariage tout en blanc et en noir, en grande pompe était de l'ordre des évènements plus que souhaités.

Anaïs, de sa porte de chambre entrouverte, voit tout et rigole. Sa mère appâtée par le fric est tombée dans le panneau. Madame Boni raccroche prestement. Elle imagine déjà sa fille mariée au fils du cousin de son mari. Qui croyait duper l'autre ? Mère et fille dessinaient le destin, mais certainement pas avec les mêmes teintes. La première coloriait dans le paraître et l'avoir, alors que la deuxième optait pour les nuances de l'être. L'épanouissement personnel et affectif primait sur les considérations sociales. Le standing n'était pas au planning de l'étudiante, certainement pas au printemps de sa vie.

La mère cogne à la porte de chambre de sa fille pour lui annoncer la nouvelle, croyant qu'Anaïs n'avait rien entendu.

— Anaïs, demain, tu iras t'acheter trois tailleurs, des chaussures et un sac convenable. Tu passeras chez le coiffeur pour te faire colorer les cheveux châtain clair. Il est temps de renoncer à ta chevelure turquoise. Le travail, c'est sérieux.

— Tu as dit oui, maman ! Vraiment, tu m'étonnes !

— Oui, ça te fera une expérience de travail cet été. Dimanche, on te déposera chez Constance. Tu débuteras lundi prochain. Surtout pas de conneries, sinon je t'enferme dans ta chambre à double tour.

Finalement, les deux copines partagent autant les dossiers que les oreillers. Constance initie sa copine chérie aux délices du corps. Anaïs se montre consentante et complice. Les clients de la première se réjouissent de ce tandem singulier et ô combien productif !

Pour la forme, Anaïs téléphone à ses parents de Lyon, de Marseille. Il lui est même arrivé de passer un appel de Munich. Bref, tout rassure madame Boni et tout baigne comme une olive dans un drink, jusqu'au soir où sa mère lui souligne qu'elle doit songer à revenir au bercail pour les études, ce qui est en fait un guet-apens. La jeune fille se doute bien que le cousin de Turin passera à Saint-Cloud demander sa main à ses parents à la fin septembre ou au début d'octobre. Déjà, Anaïs s'objecte à cette comédie amoureuse. Constance, appuyée contre la porte, oscille la tête de gauche à droite pour signifier son refus de laisser partir la femme de sa vie. Elle sursaute de joie et de bonheur quand elle entend Anaïs qui s'objecte...

— Non, maman, je ne reviendrai pas à la maison. Je suis majeure et vaccinée. Je décide pour moi. J'ai déjà pris entente avec l'université. J'ai obtenu une dérogation pour remettre des travaux en ligne. Non, maman, je ne retournerai pas à la maison. Y a trop de boulot et je gagne très bien ma vie. Et je m'en fous du cousin de Turin. C-A-P-I-S-C-E ! Cesse ta *commedia dell'arte* avec tes pleurs qui camouflent à peine ta rage. Embrasse papa et la nonna.

Anaïs coupe la communication. Constance rit, jubile. Les deux mettent *Plaisirs démodés* d'Aznavour sur YouTube et dansent joue contre joue dans le salon. Puis les jours d'après, les jeux de l'amour se poursuivent entre les deux femmes en toute harmonie. La relationniste encourage même sa compagne à débuter l'écriture d'un roman. Elles élaborent des plans pour l'avenir avec un grand studio chic dans un immeuble près de l'Étoile, rue Kléber. Constance a déjà pris rendez-vous avec une agence immobilière pour début octobre. L'avenir leur apparaît momentanément sans nuages, du moins sans nuages sombres. C'est ce qu'elles auraient souhaité...

Toutefois, Constance pressent que la *famiglia* ne se tiendra pas tranquille. Pourtant, août et septembre s'étaient déroulés sans anicroche. Elle tait son ressenti pour ne pas effrayer sa compagne. Constance remarque que matin et soir, elles sont suivies depuis des semaines par deux hommes à l'allure méditerranéenne, vêtus de noir, dans une Mercedes tout aussi sombre que ses sinistres occupants. Un matin, Anaïs et Constance sont sur le point de monter dans leur voiture. Anaïs se retourne et voit les hommes garés de l'autre côté de la rue. Elle leur envoie un doigt d'honneur.

— Mon futur mari et son frère... Charmante famille, n'est-ce pas ?

— Du calme, pas de provocation avec eux. C'est moi la belliqueuse.

Constance appuie sur l'accélérateur et les sème très rapidement. Elle modifie l'itinéraire pour se rendre au bureau.

— Je voulais t'en parler auparavant, mais tes cousins me feront étaler mon jeu plus vite que prévu.

— Concentre-toi sur la route.

— Tout va bien, ma belle. J'ai contacté Monique, la libraire dont je t'ai déjà parlé. Par un heureux hasard, son notaire de frère vit dans notre arrondissement. Il est disposé à nous marier en toute intimité de nuit, à minuit.

— Qui seront les témoins ?

— T'inquiète... Monique, Juliana, une amie artiste-peintre qui vit dans le Marais.

— Ton passeport est à jour ?

— Oui. Ralentis, je t'en prie. Tu roules trop vite.

La voiture dérape sur le pavé martelé par les premières pluies de l'automne. Le véhicule défonce la vitrine d'une chocolaterie. La conductrice et la passagère perdent beaucoup du sang et l'essence s'écoule sous la ferraille. Un rien et ce serait l'explosion. Une Mercedes noire se gare non loin de là. Les deux cousins accourent. L'un d'eux est sur le point de balancer une allumette...

Cinq jours plus tard, Anaïs et Constance se réveillent, émanent du cauchemar, nouvellement mariées. À peine débarquées à Montréal, elles pourront développer une gamme des produits culturels Québec-France, loin de la *famiglia*, des insultes, des crachats sur leurs robes alors que les jeunes compagnes déambulaient main dans la main et sous des regards désapprobateurs. Dans leur appartement au charme victorien avec vue en plongée sur le carré Saint-Louis, les érables couronnés d'ocre, de rouge et d'orange leur font la fête. Le couple se sent revivre. Deux femmes libres d'être et de s'aimer sans contrainte ni jugement.

Enfin, elles sortent du lit à présent du bon pied, Anaïs et Constance.

Je ne suis qu'un homme

Par Pedro

Il était une fois, un homme qui aimait les hommes.

Un homme… Une rencontre… Moi… Des doutes… Des envies enfouies… Des rêves en folie… Qui suis-je ? Où vais-je ?

Ce n'est jamais facile. Surtout lorsqu'on ne sait pas mettre des mots sur ce qui se cache au fond de nous. On le sait, mais on le nie. On espère que ça changera. On a peur des on-dit, bien que ce soit la vérité.

Quand cela a commencé ? Je n'ai plus besoin de me justifier. On ne doit jamais se justifier. Demande-t-on à un hétérosexuel le pourquoi de son orientation et de ses désirs ? JAMAIS.

Je l'ai toujours su depuis tout petit. Plongé dans un univers de rêve et de fantaisie, de princes et princesses, de magie et d'amour. Plongé dans un univers qui me correspondait, qui me comblait. Un petit garçon devient-il homosexuel lorsqu'il joue aux poupées ? Ou joue-t-on aux poupées parce que l'on naît homosexuel ? Les avis divergent et ne se ressemblent pas. Malheureusement, on ne tombe que très facilement dans les clichés sexistes. Des clichés qui font du mal à l'identité de genre et de sexe. Des clichés formulés et perpétués par des gens qui ne savent pas et qui ne veulent pas savoir.

On en souffre. J'en ai moi-même souffert sans réellement me rendre compte de ce que mes camarades d'école disaient : « tapette », « va donc jouer aux Barbies », « tarlouze », etc. Je le savais, je l'ai toujours su. On se découvre et on découvre les autres. On sait ce qui nous attire et ce que nous sommes, mais il nous est difficile de nommer cette chose qui nous ronge et dont on ne peut parler. Personne ne nous comprendrait.

Lorsque nous sommes enfants, notre identité de genre et notre sexualité sont bridées par l'éducation. On nous apprend tout, sauf ça. On nous parle de tout et nous connaissons les moindres dates de l'Histoire, les moindres formules mathématiques, les moindres accords grammaticaux… Ce que nous sommes ? On nous laisse le découvrir seuls, isolés, par nous-mêmes en dépit des moqueries. Des mots qui blessent et qui détruisent. Des mots qui deviennent des maux. Mais on laisse faire, on laisse aller. On boit ces mots et on les garde pour soi. Pas question d'en parler aux copines et encore moins aux copains ; la virilité du mâle en prendrait un coup. La famille ? Vous êtes fous ?! Ce serait du suicide ! (C'est tristement le cas pour un grand nombre de notre collectif.) À d'autres personnes ? Nos professeurs ? Un oncle ou une tante ? À quoi bon déranger les autres avec notre intimité. D'autant plus qu'on ne saurait l'expliquer, car jamais, ô grand jamais, on en a entendu parler. Du moins à mon époque. On ne demande qu'à être rassurés, écoutés et dans le meilleur des cas, compris et soutenus. Pendant ce temps, les rires et les sous-entendus perdurent. Et plus le temps passe, plus ils s'intensifient et plus ils vous marquent…

Les années passent. La puberté se pointe et on se rend compte que les choses n'ont pas changé. Je ne suis pas le seul à m'en être rendu compte. Les regards d'un père vous foudroient. Mon groupe de copines ne fait que confirmer la situation. On comprend que quelque chose « ne va pas », mais quoi ? Moi ou les autres ? Puis on continue à vivre sa vie de collégien, puis de lycéen. Heureusement, on commence à se faire à l'idée. On en voit à la télé, dans la rue, nous ne sommes pas les seuls. Je ne suis pas seul, mais je ne les supporte pas. Je ne supporte pas de voir un gay à la télé. En réalité, je ne supporte pas le fait d'être comme lui. Je ne supporte pas l'idée de ne pas pouvoir fonder une famille qui nous a déjà été « définie ». Non, je ne pourrai jamais donner à ma famille une belle-fille et de beaux petits-enfants. Nous sommes à la moitié des années 2000. Les choses ont bien changé depuis. Qui l'aurait cru ?

On continue de se cacher. C'est beaucoup plus facile, car on a conscience de la situation et les mots commencent à combler et recouvrir les images, les pensées et les désirs. Finalement, on pense qu'à l'âge adulte (je me donnais jusqu'à vingt-cinq ans…), ce sera la fin de tous ces désirs « obscurs ». On nous fait croire que cela peut changer, que nous avons le vice en nous et, pire encore, la maladie… oh mon Dieu !

Vingt ans. L'émancipation, l'université, la vie « adulte », les sorties. J'ose enfin parler de moi à la première personne. Avant de savoir dire « je t'aime », il faut être capable de savoir dire « JE ». Ce n'est certes pas le premier que je dis, mais sans doute le premier que je pense sincèrement ; bien qu'il soit tu. Il m'en aura fallu du temps avant de le chanter haut et fort et de l'assumer aux yeux des autres. JE suis un homme qui aime les hommes. Et encore aujourd'hui, ce n'est pas toujours évident.

Bref, je prends confiance en moi, je suis plus ou moins bien dans mon corps, j'ai des amies extras, mes résultats scolaires sont plutôt bons, j'ai la chance d'avoir une famille unie, une sœur avec qui je partage de beaux moments, des cousins et cousines bien amusants. Il ne me manque qu'une chose : l'amour. Je n'ai jamais eu de copine, et pourtant, tout le monde pense que parmi mes amies, l'une d'entre elles est ou sera ma petite amie. Qu'ils sont naïfs. Enfin, c'est ce que je crois.

Je me promène dans la rue, on me regarde. Un bel homme me regarde. Je plais et ça fait tout drôle. Quoi penser de cela ? Dois-je l'aborder ? Comment ça fonctionne, une relation ? Je n'en sais rien !

Une semaine plus tard, nous sortons entre amis. Je repasse devant ce fameux bar où se trouvait cet homme qui m'avait regardé. Il y est de nouveau. Je tremble. Cette fois-ci, j'en suis sûr ; il me plaît et je lui plais. Je m'installe en terrasse avec mes amies. Une pinte bien fraîche et quelques cigarettes plus tard, cet homme s'approche et m'aborde. Il me demande si j'aimerais bien prendre une autre bière plus tard. J'accepte.

Une fois mes amies parties, je le rejoins à sa table. Il m'invite. Pour la première fois de ma vie, je me dévoile tel que je suis. Aux yeux des passants, aux yeux des autres clients. À ses yeux. À mes yeux. Il est beau. Brun ténébreux, danseur et de la région. Tant mieux. C'est tout ce que j'aime. Je me dévoile et il m'écoute. Il m'écoute avec attention. Il me rassure. Pendant ce temps, personne ne m'a jugé, et pourtant, ils sont tous là ; les gens. Chacun fait sa vie. Je comprends enfin. Tout le monde s'en contrefiche. C'est ça, la vie.

Les minutes passent. Puis les heures. C'est une belle soirée du mois de mai. Un 23 mai, je crois. Le bar ferme. Il me propose d'aller chez lui. J'ai peur, mais je m'en réjouis. Je n'attendais que ça. Nous montons dans son appartement. Nous discutons. Il a quelques années de plus. On aime la même musique. On rigole. C'est une soirée normale. Entre deux personnes qui apprennent à se connaître.

Il se fait tard. Je devrais partir. C'est ce que je finis par faire. Il est 4 heures du matin. Comme le temps passe vite quand on est heureux. Quand on est soi-même. Je pars. Nous voilà sur le seuil de la porte. On se serre la main. Je ne sais pas si c'est ce qui se fait habituellement. On se fait donc la bise. Puis ses lèvres glissent et sa main autour de mon cou. Mon premier baiser. Une explosion d'émotions. Je crois rêver ! C'est impossible...

Je le remercie pour tout. Nous échangeons nos numéros. Je retourne à ma voiture. Je suis chamboulé. Je suis « enfin » gay ! Je suis moi.

Par Pedro

On se revoit une fois, puis deux fois. De longues discussions ponctuent nos rendez-vous, quelques baisers sont échangés. Je suis bien. Je me sens bien. Cet homme m'a guidé, aidé, écouté, compris. Ce que je ne savais pas, c'est que la première fois que je l'avais remercié sur le seuil de sa porte, je le remerciais pour être la personne qui m'avait sauvé. Merci à toi, G.

Me voilà en nouvel homme. Je m'amuse, j'en parle à mes amis. Ils le savaient déjà. Je commence à en parler à quelques personnes de ma famille. Ça se passe merveilleusement bien. Quelle chance de grandir dans une famille aussi compréhensive.

Je continue à vivre ma vie, je ne me cache plus. Je chante, je fais de nouvelles rencontres, je me fais de nouveaux amis. Discothèques, apéros, soirées, karaokés. On s'amuse et on ne craint rien. La vie est belle. Mais il serait temps d'en parler à la famille la plus proche.

Ce fut fait rapidement. Peut-être un peu trop. Malencontreusement. Je ne suis pas accepté. C'est le choc. Le froid. Il n'y a plus d'échanges. On se voit parce que l'on doit se voir. Mais les discussions sont cordiales. Un peu trop. Parfois glaciales. On m'avertit que si cela ne change pas, ce ne sera pas la peine de rentrer à la maison. Ça fait mal. Très mal. Le monde s'écroule autour de moi. Et puis je me dis : « Qu'est-ce que j'en ai à foutre. » Je fuis. Pourquoi devoir me justifier ? Pourquoi devoir expliquer le pourquoi du comment ? Pourquoi tout cela est-il nécessaire alors que je peux être avec ceux qui m'acceptent et passer les plus beaux moments de ma vie. Je fuis et je m'installe quelques semaines chez des amis.

J'écris une lettre. Une longue lettre. Une lettre dans laquelle je m'ouvre en tant que jeune gay. En tant que frère. En tant qu'ami. En tant que fils. La communication est la clé. Encore faut-il en être capable… Puis je fuis. Je fuis pour de bon. De l'autre côté des Pyrénées. Nous sommes en 2013.

Je ne suis qu'un homme

La fuite était-elle la solution ? Je n'en sais rien. Mais les années ont passé, et depuis, tout va pour le mieux. Je suis enfin celui que j'avais toujours souhaité être. Ma famille et mes amis ont pu connaître l'homme qui a partagé ma vie pendant six ans. Six ans de relation. Une relation des plus normales avec ses hauts et ses bas. Des voyages, des repas, des soirées télé, des sorties, des balades, des gueules de bois, des disputes... Rien de bien choquant, me direz-vous. Croyez-le ou non. Un couple homosexuel possède un rythme de vie très proche des couples hétérosexuels. À quelques petites choses près... ou pas.

Eh oui. Je ne vais pas me plaindre de la vie que j'ai pu avoir jusqu'à maintenant. Loin de là. J'en suis comblé. Qu'il s'agisse d'éléments positifs ou négatifs, j'en suis toujours ressorti plus fort et plus heureux.

Connaître, apprendre, parler, communiquer, s'amuser, sourire, rire, rêver... Autant de verbes à conjuguer à tous les temps. Autant de mots à répandre à travers le monde. Autant d'actes qu'il faut répéter.

N'ayons pas peur d'être nous-même. Crions au monde entier ce que nous sommes vraiment. Nous ne sommes pas un collectif. Qui dit collectif, dit minorité. Nous sommes des personnes. Des personnes qui aiment, comme une mère aime son enfant, comme un enfant aime son petit chat ou son petit chien, comme un enseignant aime ses élèves, comme un professionnel de la santé aime ses patients, comme un geek aime ses jeux vidéo, comme un athlète aime son sport, comme on aime ses amis et ses proches... Aimer. Tout simplement. Aimer sans genre ni sexe, sans nom ni limites, sans couleur ni culture.

Ce que la nature fait ne peut être contre nature

Par Nathalie Sambat

Adyl, 40 ans

« Ce que la nature fait ne peut être contre nature. » C'est ainsi que commence l'entretien avec Adyl, un beau quadra qui assume sa sexualité. Il est le deuxième garçon dans une fratrie de quatre enfants issus d'une famille mixte : son père est marocain et sa mère française. Elle vit au Maroc depuis plusieurs années lorsqu'elle accouche de son deuxième enfant. Déjà maman d'un garçon, elle espère une fille et, sans échographie disponible, elle ne découvre le sexe de ce second fils que le jour de sa naissance. Son arrivée ici-bas sera donc ponctuée d'un « eh merde ! », raconte-t-il en rigolant.

Adyl est un petit garçon très curieux, qui s'intéresse à tout et qui passe autant de temps à grimper aux arbres ou construire des arcs qu'à coudre avec sa mère des habits pour ses poupées ou cuisiner et pâtisser avec la bonne. Il a une enfance très heureuse. Il avoue n'avoir jamais manqué d'amour et affirme depuis qu'il a 20 ans avoir les meilleurs parents du monde.

À l'adolescence, comme beaucoup de jeunes, il expérimente quelques jeux érotiques avec des copains. Une curiosité sexuelle légitime chez les enfants est monnaie courante au Maroc, puisque l'Islam sépare les filles des garçons jusqu'à la majorité. Il y a donc une plus forte homosexualité chez les jeunes qui n'ont d'autres alternatives. Les jeunes filles qui acceptent les relations sexuelles veillent à conserver leur virginité, ce qui implique d'autres formes de rapports physiques... Le sexe est tabou et les relations homosexuelles ou hors mariages illégales, punissables d'emprisonnement et d'amendes. L'article 489 du Code pénal du Maroc criminalise en effet « les actes licencieux ou contre nature avec un individu du même sexe ».

Ce que la nature fait ne peut être contre nature

À 17 ans, il fréquente un court moment une jeune fille, mais l'histoire ne dure pas. Pourtant, il se retrouve papa d'une petite fille à sa majorité sans l'avoir choisi. Elle le met devant le fait accompli ! Même si aujourd'hui il est très heureux et fier d'être père et grand-père, il ne vit d'autant pas bien cette situation sur le moment puisque, entre-temps, son attirance pour les hommes se confirme. Il vit ce penchant de manière platonique et en « sous-marin ».

Après son bac, il vient poursuivre ses études en France. Libéré des tabous, de la répression et du poids de cette société patriarcale, il peut enfin assumer ses orientations sexuelles. Mais manque de chance, son BTS en filière équine le mène dans un tout petit village perdu au milieu de la campagne où les mentalités ne sont pas très ouvertes et où la tolérance est limitée. Il rencontre finalement un jeune homme de son âge qui vient régulièrement au centre équestre et vit sa première expérience homosexuelle. Inexpérimenté, cette aventure est de courte durée et sans grande saveur.

C'est aussi à ce moment-là que ses parents découvrent ses orientations sexuelles en consultant l'historique de l'ordinateur familial. Si sa mère n'est pas surprise et avoue s'en être toujours doutée, son père est formel :

— C'est une honte ! Change vite ou tu risques de perdre un père !

Il n'abordera plus jamais le sujet avec lui…

C'est avant de partir à Lille qu'il tombe amoureux pour la première fois. Une histoire qui ne dépassera pas le stade des sentiments, car le jeune homme n'est pas encore majeur et Adyl est timide et trop novice pour être en confiance.

À Lille, il découvre alors les boites de nuit gays, les bars, les saunas. Il papillonne, expérimente, rattrape le temps perdu. Il apprend les codes et le vocabulaire de cet univers :

Par Nathalie Sambat

– Le milieu gay qui regroupe tous les endroits où se retrouver, les applications Internet : tout le monde se connaît, couche avec tout le monde... Les Backrooms qui, comme leur nom l'indique, sont des pièces à l'arrière, sombres et glauques, où il se passe toutes sortes de choses avec toutes sortes d'inconnus... C'est très direct ! Adyl, qui est plutôt « fleur bleue », s'enfuit en courant la première fois quand, à peine la porte franchie, des mains se posent sur lui.

– Le Hors Milieu qui regroupe les autres formes de rencontres : les applications Internet, les associations, les dragues « normales »...

– Le Gaydar : cette capacité intuitive à deviner l'orientation sexuelle de l'autre.

Pendant 3 ans, il va vivre pleinement sa sexualité et combattre sa timidité, toujours dans le secret. Mais ses parents, qui ont adopté un quatrième fils, sont obligés de rentrer en France pour des raisons administratives. La mère de sa fille s'étant installée à Nantes, c'est dans cette ville que tout le monde décide de se retrouver. Père et fils envisagent de reprendre ensemble une brasserie, et pour cela, il suit une formation en restauration où il se rapproche d'une jeune fille. Elle est jeune, jolie, et a plein de problèmes familiaux... Adyl est un sauveur et son père est rentré. Il ne sait pas définir quelle part de lui le pousse dans les bras de cette jeune fille un peu instable, mais la relation est suffisamment belle pour qu'ils prennent un appartement ensemble.

C'est un appel de son banquier qui met fin à cette histoire peu de temps après leur emménagement. C'est en fait une acheteuse compulsive qui dépense plus de 10 000 € en moins de deux mois en retraits journaliers et en achats de gadgets divers. Elle invente des histoires qui se contredisent pour se justifier, et il réalise alors l'ampleur des mensonges qu'elle lui raconte de-

Ce que la nature fait ne peut être contre nature

puis leur rencontre. Deux expériences avec des femmes, deux échecs : la première lui fait un enfant dans le dos, puis, pour lui faire payer le fait de ne pas être resté, lui refuse des droits de visite et le contraint à entamer des démarches juridiques pour voir sa fille. La seconde le trahit et le ruine.

Cette histoire sert de tremplin pour faire accepter sa sexualité à son père. S'il n'en parle pas avec lui, il sait par sa mère qu'il a digéré l'information : « Ce qui compte, c'est qu'il soit heureux. » Il n'a d'ailleurs jamais changé son comportement vis-à-vis de son fils. Les témoignages d'affection et la qualité de leurs échanges n'ont pas changé depuis cette phrase difficile au moment de la découverte. Il lui aura fallu dix ans pour digérer cette information qui, finalement, ne change rien ! Il n'y a plus de « non-dit », c'est juste qu'il n'y a plus rien à dire...

Adyl connaît ensuite deux histoires d'amour qui dureront chacune 4 ans. Dans les deux cas, ses amoureux sont accueillis comme des amis par sa famille. Il fait attention à ne pas témoigner trop d'affection à son compagnon en présence de son père, et eux ne montrent aucune différence de traitement entre ses petits amis et les épouses de ses frères.

La première histoire se termine lorsqu'Adyl découvre que son compagnon le trompe. Et, en menant une enquête un peu plus approfondie, il s'avère que contrairement aux affirmations de ce dernier, cela se produit depuis plus d'un an. Il est dévasté par ce mensonge et cette nouvelle trahison dont il mettra du temps à se remettre.

Après une période de papillonnage, il rencontre grâce à une application une personne dont il tombe finalement amoureux malgré son souhait de ne plus se fixer et de ne partager que de bons moments sans exclusivité. Submergé par le travail, Adyl est souvent absent, épuisé, et la relation s'étiole doucement.

En se rendant compte que cet homme le trompe à son tour, même s'il en comprend les raisons, Adyl craque et fait un burn-out.

Depuis la fin de cette relation il y a trois ans, Adyl vit dans une chasteté totale. Les rencontres du « Milieu » ne correspondent pas à ce qu'il souhaite vivre, mais les belles histoires ne le motivent pas non plus. Il n'a plus goût aux jeux de séduction. C'est beaucoup d'énergie pour un résultat aléatoire, mais surtout éphémère. Son urgence aujourd'hui, c'est de changer de vie pour trouver la paix intérieure qu'il recherche. Il travaille donc sur un projet familial autour d'un écolieu pour se reconnecter à la nature. L'amour viendra quand il devra venir...

Sur ce chemin de vie, Adyl a dû apprendre à travailler sur les différents aspects de sa personnalité. Pas simple en effet d'y voir clair quand on doit avancer sur plusieurs fronts en même temps : être à la fois gay, musulman et haut potentiel.

Pour parvenir à se définir et s'accepter, il a ainsi pris conscience de plusieurs choses :

– Comprendre et admettre qui il est sur ses trois niveaux.

– Chercher une réponse scientifique à cette différence.

– Appréhender cet univers loin de ses valeurs familiales, éducatives et culturelles, pour lequel il n'a reçu aucun accompagnement ni soutien.

– Apprendre à se situer lui dans ce milieu, définir ses besoins, ses envies, ses attentes.

– Gérer le gros décalage entre les croyances religieuses et la France.

Un vrai parcours de suradaptabilité qui le mène au burn-out. Dans sa quête de compréhension, il cite plusieurs sources qui l'ont aidé à se défaire de cette étiquette de « contre nature » qui colle encore trop souvent aux homosexuels.

Bref rappel historique :

Depuis la nuit des temps, la communauté homosexuelle vit au rythme des normes de son environnement, connaissant ainsi des phases fluctuant de la tolérance à la condamnation.

Ainsi, les Aztèques étaient adeptes du travestisme, les pharaons comptaient de jeunes garçons dans leurs harems, et au Japon, les samouraïs se livraient à des relations homosexuelles.

Dans la Grèce antique, les relations sexuelles étaient possibles, mais codifiées. Les relations entre un homme et un jeune garçon (de 12 ans, jusqu'à ce qu'il ait de la barbe) étaient considérées comme de l'amour, une sorte de rite social, alors que celles entre deux hommes du même âge ne provoquaient que mépris. Être le « pénétrant » ne faisait pas d'un homme un homosexuel, alors que l'inverse, si. Dans une société misogyne, il ne fallait pas se rabaisser au niveau de la femme. Seuls quelques milieux échappaient à ces règles, comme l'aristocratie ou l'armée, les soldats étant plus combatifs lorsque la vie de leur amant était en jeu.

À Rome, les relations homosexuelles entre hommes étaient admises, mais seulement pour le plaisir charnel. L'homme devait être marié et actif. C'est la passivité qui était plus gênante que l'homosexualité, et c'est celle-ci qui va voir petit à petit les lois se durcir. D'abord passible d'amende, la passivité était ensuite qualifiée de crime contre la dignité humaine, puis de crime contre nature. Des peines de bûcher sont ensuite prévues sans distinction entre les actifs et les passifs pour pallier les pertes démographiques liées aux guerres, aux catastrophes naturelles et aux épidémies.

Au début du Moyen Âge, les relations homosexuelles étaient tolérées jusqu'à la condamnation par l'Église de cet acte qualifié de « contre nature ». D'abord enfermés dans des monastères pour y faire pénitence, ils étaient par la suite traités comme des hérétiques avec des peines allant jusqu'au bûcher.

Pendant la Renaissance, un certain libéralisme apparaît et l'art devient un moyen d'expression pour les homosexuels, mais l'homosexualité ne restait tolérée que dans certains milieux et avec ce respect de dominant/dominé. Puis, qu'elle soit féminine ou masculine, elle était considérée comme un vice qualifié de péché religieux et ensuite de péché contre l'État. Le Code pénal prévoyait une peine de bûcher pour cet acte de luxure entre personnes du même sexe.

À la Révolution française, l'homosexualité n'est plus passible de peine de mort, mais sous Napoléon, la notion « d'atteinte à la pudeur » laisse une brèche pour la répression dans laquelle la Brigade des mœurs se rue.

À la fin du 19e siècle, elle obtient le titre de « maladie mentale et perversion sexuelle », et ce pendant plus d'un siècle.

Pendant la Seconde Guerre mondiale, cette sexualité « non reproductive » va à l'encontre des critères de « normalité » des nazis qui déportent et exécutent tout contretype aux valeurs nationales.

En 1968, l'OMS (l'Organisation mondiale de la santé) recommande que l'homosexualité soit classée comme maladie mentale, et ce jusqu'en 1990.

Il faudra attendre 1978 pour que les actions menées par divers groupes militants parviennent à la dépénalisation des relations sexuelles librement consenties entre personnes majeures de même sexe et de moins de 21 ans, et 1982 pour la dépénalisation totale de l'homosexualité.

En 1999, le Pacs (pacte civil de solidarité) permet à l'État de reconnaître les couples homosexuels.

En 2003, les crimes homophobes sont passibles des mêmes peines que les crimes racistes.

Ce que la nature fait ne peut être contre nature

En 2013, le mariage entre personnes du même sexe est autorisé.

Vers une réponse scientifique naturelle...

Ce rappel historique prouve que l'homosexualité n'est pas en lien avec l'environnement. Puisque cela a toujours existé, quels que soient l'époque, le secteur géographique, la culture. Adyl s'est longtemps questionné sur l'origine de sa différence.

Beaucoup d'espèces animales ont également des comportements homosexuels, alors qu'ils ne sont pas soumis à des croyances ou des éducations qui influenceraient leur sexualité. Elle n'est donc pas tournée pour une partie d'entre eux vers la reproduction. Que cela soit chez des émeus, des lions, des lézards, des dauphins, l'homosexualité a été observée chez plus de 500 espèces. Des recherches éthologiques et comportementales mettent en avant diverses raisons : plaisir, jeux de séduction, câlins, caresses, fidélité et routine de la vie de couple, protection de la progéniture, dominance, entraînement, etc.

Les manchots, par exemple, vivent parfois entre membres du même sexe et adoptent les œufs des autres. Chez les bonobos, le sexe a des vertus d'apprentissage et d'apaisement des tensions sociales dans le groupe, y compris entre singes du même sexe. Le chien également peut avoir des comportements homosexuels pour jouer ou pour dominer...

Aristote disait : « La nature ne fait rien en vain. » Adyl n'a plus qu'à trouver pourquoi et comment...

C'est dans la conférence « C'est une question de survie, pas de sexe » de 2016 de James O'Kleef qu'une origine naturelle de l'homosexualité lui est apportée. Il développe une variante normale de la nature dont l'utilité a varié au fil de l'histoire. « Si tous les hommes étaient des guerriers, nous serions tous en guerre. Et si tous les hommes étaient homosexuels, notre espèce serait éteinte. » Elle n'est pas génétique, puisque les homosexuels ne procréent pas, et sert un intérêt, puisque la sélection naturelle ne l'a pas enlevé du patrimoine génétique depuis la Préhistoire… Elle serait donc une solution d'équilibre apportée par la nature.

En observant son fils interagir avec ses frères et sœurs, ce cardiologue américain réalise que son tempérament doux et relaxant participe à la survie de chaque membre de la famille. La socialisation est un ingrédient essentiel dans l'évolution de notre espèce, et l'homosexualité, un gène altruiste programmé. Le biologiste E. O. Wilson dit que « l'homosexualité avantage le groupe grâce à des talents spécifiques et des qualités personnelles inhabituelles ». Des études montrent en effet qu'il existe deux fois plus d'homosexuels chez les gens avec un quotient intellectuel élevé, et des tests mettent en avant des scores de compassion et de coopération plus forts, et d'hostilité plus faibles. « L'homosexualité est donc comme un catalyseur pour aider à lier émotionnellement les gens ensemble. »

L'épigénétique choisit donc de développer le meilleur programme de chacun pour offrir la réponse qui soit la plus adaptée à l'environnement. Les fourmis, par exemple, vont produire des ouvrières ou des soldats selon des facteurs extérieurs et les besoins du groupe pour y faire face. Elles ont pourtant les mêmes séquences ADN. C'est la reine qui va épigénétiquement modifier ce rôle pendant le développement de la fourmi, pour fournir plus de soldats en cas de dangers ou plus d'ouvrières en cas de famine. Il en est de même pour les humains qui vont produire ce dont ils ont besoin au moment de la conception.

Ce que la nature fait ne peut être contre nature

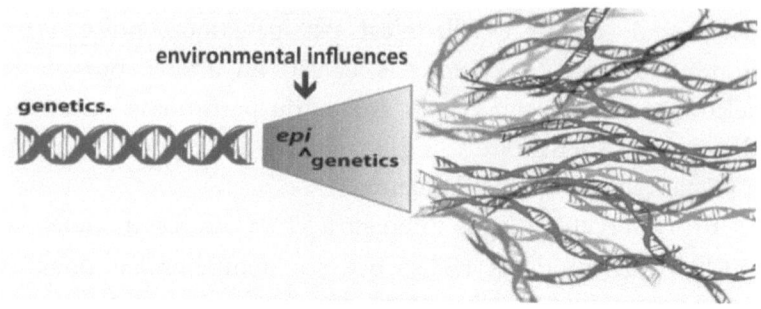

Ces gènes dormants sont donc réveillés pendant la grossesse en réponse à des stimuli extérieurs :

– Le nombre de garçons déjà existants dans la fratrie. Plus il y a de garçons, plus il y a de chances d'homosexualité : une réponse naturelle de la nature au contrôle des naissances avant l'invention de la contraception. Comment ? Grâce à l'activation d'un gène sur le chromosome X appelé « gène mâle aimant » qui, lorsqu'il se développe chez les filles, les prédispose à avoir plus d'enfants et plus tôt, alors que chez les hommes, elle active l'homosexualité.

– Un stress prénatal subi par les mamans pendant la grossesse : 37 % des hommes homosexuels ont vécu cela, contre 3 % chez les hétérosexuels. En cas de danger pour la famille, la mère active ce gène pour augmenter les chances de survie de son clan.

Cette activation modifie le développement cérébral de l'enfant qui change alors d'orientation sexuelle et améliore l'intelligence émotionnelle. On naît gay, on ne le devient pas… Vouloir changer cette sexualité reviendrait à vouloir changer la couleur des yeux. C'est aussi stupide qu'inutile.

Une autre étude présentée par Jacques Balthazart, un biologiste belge spécialisé en neuroendocrinologie du comportement, montre qu'un pic de testostérone à un moment précis de la grossesse serait cet interrupteur activé par la mère. Ce pic active le développement d'un noyau dans le cerveau dans l'aire préoptique. C'est la taille de ce noyau qui fait qu'une personne est attirée chimiquement par les hormones du sexe opposé… En modifiant ce pic, soit trop, soit pas assez, la mère modifie l'attirance sexuelle future de son bébé. Des tests sur des souris prouvent l'impact de ce pic de testostérone au moment de la vie embryonnaire sur leur sexualité. Une théorie pour le moment non démontrée selon les critères habituels de la science, mais sans observations incompatibles venant prouver le contraire.

Alors, Adyl ?

Ses recherches l'ont beaucoup aidé à assumer son orientation sexuelle. Ce n'est ni une déviance, ni une maladie, ni un Œdipe mal résolu… C'est juste la nature !

Au moment de sa conception, sa maman vit au Maroc, dans un univers patriarcal, avec un premier fils. Est-ce cet environnement qui a inconsciemment activé l'interrupteur naturel ? Est-ce seulement son désir d'avoir une fille ?

Peu importe en vérité, puisqu'il est né ainsi…

Il témoigne, car il voudrait que le regard sur cette minorité change. C'est en éduquant les gens que se défont les aprioris, les jugements, les croyances. Il espère ainsi des relations plus vraies, plus authentiques entre tous et des rapports de fraternité et d'échange.

Il espère qu'un jour, cette intolérance entre les deux communautés disparaisse pour laisser place à la compassion. Le dialogue est difficile d'un côté comme de l'autre… Entre les homosexuels qui souffrent depuis des siècles et les hétérosexuels qui les jugent, le clivage est marqué. Seule la communication peut apaiser tout cela et permettre une vie harmonieuse.

Ce que la nature fait ne peut être contre nature

Qu'importe le désir, qu'importe la sexualité, ce n'est que de l'amour, et l'amour, le vrai, est inconditionnel. Il ne porte pas d'étiquettes.

Pourquoi tu ne t'es pas tuée lorsque tu voulais le faire ?

Par Lili Saxes

D'une voix douce, Hana énumère les évènements marquants de sa courte vie. Elle fait plusieurs pauses, submergée d'émotions, en évoquant cette maltraitance familiale dont elle est victime depuis très longtemps, trop longtemps. Son crime ? Ne pas être l'enfant que ses parents espéraient…

Ses parents quittent l'Algérie en 2002 et leur arrivée en France rime d'abord avec galères, stress, problèmes financiers. Greffier dans son pays, son père se retrouve ouvrier, et sa mère, de 20 ans sa cadette, ne travaille pas. En 2004, enceinte de triplés, elle accouche finalement de jumeaux, un garçon et une fille. La perte du troisième enfant est un secret bien gardé, un sujet tabou, comme il en existe plein dans cette famille… Trois ans plus tard, un petit garçon vient agrandir le cercle.

Hana est une petite fille plutôt turbulente, hyperactive et, en réponse à ses crises, ses parents utilisent la répression, la violence physique et verbale. Ils ne le savent pas encore, mais Hana souffre d'un trouble déficient de l'attention avec hyperactivité. Se faire frapper avec des claquettes, recevoir des gifles ou se faire pincer ne soigne malheureusement pas ce trouble. Et en cas de « grosses bêtises », c'est avec de l'harissa dans la bouche que l'on calme les enfants.

La religion tient une place très importante dans la vie de ses parents. Tout est rattaché à la notion du bien et du mal et Hana grandit bercée de menaces : « Si tu fais ça, tu iras en enfer. » Les marques d'affection existent cependant, jusqu'aux 11 ans d'Hana…

Depuis toujours, c'est une petite fille avec un côté garçon manqué, que ce soit dans son comportement ou dans ses goûts vestimentaires. Cette année-là, en vacances en Algérie, sa mère mandate ses cousines pour la rendre plus féminine. Elle demande qu'elles lui mettent des habits de fille et du vernis. Hana se sent bien telle qu'elle est et ces codes féministes lui semblent dérisoires, inutiles. Elle ne comprend pas pourquoi on veut la changer, elle crie, hurle, pleure… Les oncles, les tantes, les cousins, tous ceux qui assistent à cette scène adhèrent à cette transformation forcée. « Tu ne fais pas d'efforts ! Il suffirait que tu sois autrement pour ne pas pleurer ! » Sous la pression familiale et par amour pour l'une de ses cousines dont elle est admirative, elle finit par céder. Elle reste ainsi vêtue quelques heures, remplie d'incompréhension, de colère et de dégoût. Elle ne sait pas pourquoi ses vêtements dérangent autant et ne voit pas de mal à ses tenues qu'elle retrouve quelques heures plus tard, dès qu'elle n'est plus le centre d'attraction de la famille. Ce jour marque le début de l'effondrement du lien entre Hana et sa mère. Elle ne voit pas le mal dans sa façon de s'habiller ; sa mère, si.

En sixième, Hana sort avec un garçon de sa classe, pour faire comme les copines. Mais ce test ne s'avère pas concluant : rien ne lui plaît et elle ne ressent que dégoût. Elle se pose beaucoup de questions sur ces corps masculins qui ne l'attirent pas. La réponse vient l'année suivante, avec une jeune fille pour qui elle ressent de l'attirance. Si l'expérience est mauvaise parce que c'est une personne qui profite d'elle et avec qui elle ne peut vivre de relation amoureuse, elle confirme son orientation sexuelle. À 13 ans, elle se fait agresser dans le tramway par un fou qui la menace gratuitement d'un couteau. En plus du dégoût pour les hommes, elle éprouve en plus de la peur.

Hana ne peut confier ce secret à personne dans la famille, même s'il est lourd à porter. Elle aimerait partager ces émois avec ses cousines, comme elles le font avec elle, mais elle sent que c'est impossible. « C'est mal ! » Elle passe déjà assez pour une atypique avec son look, ses questionnements profonds sur la vie, sa maturité… Comment pourraient-elles comprendre ce qu'elle vit dans un pays où on n'a pas le droit d'aimer tranquillement, où personne ne s'embrasse ou ne se tient la main en public, où on voit les garçons en cachette jusqu'au mariage ?

La situation se complique un peu plus pour Hana lors de ses dernières vacances en Algérie. Une de ses cousines tombe sur des messages sur le téléphone d'Hana et comprend qu'elle entretient alors une relation amoureuse avec une fille. Elle organise une soirée chez elle avec une autre cousine et arrive à convaincre la mère d'Hana de la laisser dormir là-bas. Il s'agit en fait d'une expédition punitive. Dès son arrivée, Hana est enfermée à clef dans une chambre, sans chaussures pour ne pas qu'elle s'échappe. Elle y restera la soirée, la nuit et la journée du lendemain. Une interminable nuit d'angoisse pour Hana qui, à sa libération, doit encore subir les chantages et les humiliations de ses cousines pendant les trois semaines de vacances qu'il lui reste. Elle n'est pas en position de négocier quoi que ce soit et devient l'esclave de ces deux harpies qui en profitent avec largesse.

Au sein de la famille, tout bascule également. À table, on la rabaisse, on se moque d'elle, on la compare... elle est trop différente. Son intelligence lui fait poser des questions qui dérangent, son look ne correspond pas à la norme, son comportement n'est pas celui que l'on attend. Hana ne peut compter sur aucun soutien. Ses cousines ont définitivement choisi de la détruire et l'effet de groupe prend une ampleur qui échappe à tout contrôle. Elle est la tête de Turc et personne ne dit rien. Hana est dévastée et terrorisée. Elle a peur que ses oncles et tantes apprennent pour son amoureuse... Elle a peur pour sa vie, mais aussi qu'on la marie de force avec l'un de ses cousins. C'est une solution qui a déjà été évoquée par la grand-mère pour la remettre sur le droit chemin, alors s'ils apprennent pour sa sexualité, elle est persuadée de ne plus revoir la France et de devenir une épouse.

Pourquoi tu ne t'es pas tuée lorsque tu voulais le faire ?

Lorsqu'elle est seule avec l'une de ses tantes, celle-ci lui parle gentiment, la rassure, mais dès qu'elle est dans le groupe, elle change de discours. Hana est seule, angoissée, triste et maltraitée. Ses parents non seulement n'interviennent pas pour la défendre, mais ils sont acteurs de ce tribunal ! Sa mère, devenue assistante maternelle, a plus d'empathie et de respect pour les enfants qu'elle garde que pour sa propre fille. Chaque jour, elle lui fait payer de ne pas être cette enfant qu'elle espérait. C'est un véritable rapport de force qui s'installe : elle change ou elle souffre !

À son retour en France, Hana est au bord de l'explosion. Entre ses difficultés scolaires dont elle ne comprend pas l'origine, d'anciens évènements traumatisants en primaire autour du harcèlement, les souvenirs de l'agression dans les transports en commun, sa relation torturée avec ses parents, cette absence totale de soutien dans sa famille, sa vie est devenue un enfer. Elle vit sa scolarité dans la honte, son environnement familial dans la peur et la colère, son corps dans les complexes des mouvements qu'elle ne parvient pas à contrôler et sa belle histoire d'amour dans l'incompréhension et l'injustice. Elle est submergée de pensées qui s'enchaînent et ne parvient à passer à l'action dans aucun domaine de sa vie. Cette frustration à ne pouvoir mettre de l'ordre dans sa tête pour trouver des solutions la rend insolente et impulsive. Elle s'enfonce doucement mais sûrement dans une spirale infernale...

Un mois après sa rentrée, il y a la goutte d'eau qui fait déborder le vase. Elle va voir avec sa classe une pièce de théâtre. L'ambiance est dérangeante, lourde, et lors d'une scène faisant apparaître un cercueil, elle reste tétanisée. Elle prend conscience des traumatismes qu'elle a endurés, de ses peurs tellement nombreuses, et maintenant, de la mort. Elle a l'impression de perdre son temps dans ses études qui n'ont plus de sens, elle étouffe avec toutes ces contraintes qui lui pourrissent la vie. Elle reste comme figée devant cette scène, incapable de réagir. De crises d'angoisse en crises de larmes, elle ne parvient plus à aller au lycée. Ses parents la forcent, hurlent, punissent, mais rien n'y fait. Un diagnostic de phobie scolaire est posé. Cela ne fera que creuser l'écart dans sa relation familiale qui, ne comprenant pas ce qu'il se passe, continue de se comporter comme un rouleau compresseur.

Un soir, à bout, elle repense à ce cercueil… La mort est la seule issue. Elle avale des comprimés pris au hasard dans l'armoire à pharmacie. Le lendemain matin, comme tous les jours, elle est réveillée par sa mère qui veut qu'elle aille en cours. Elle est malade, mais vivante. Elle n'a pas pris les bonnes pilules ni la bonne dose. Elle parvient à en parler avec une psy qui la suit, et lorsque celle-ci convoque sa mère, elle minimise l'évènement. Selon elle, Hana n'a aucune raison de vouloir faire ça, elle invente des problèmes qui n'existent pas. Elle lui reproche de ne pas lui en avoir parlé et reporte toutes les fautes sur sa fille. On leur conseille une association qui peut aider leur fille, et c'est avec ces professionnels qu'Hana comprend alors son profil atypique : trouble déficient de l'attention, hyperactivité et probablement haut potentiel.

Pour la première fois de sa vie, Hana se sent accueillie, comprise, non jugée. Elle peut parler de son amoureuse, de sa passion pour le dessin, l'écriture, la musique… Mais le passif est lourd et la maltraitance psychologique n'a pas cessé. Les explications fournies à ses parents sont sans effets. Devant les professionnels, ils se disent tristes, démunis, voulant aider leur fille, mais dans les coulisses, la pression, les reproches et les tensions continuent. Ils sont moindres, car il faut rendre des comptes à des professionnels, mais ils sont là quand même. Le déni est trop fort, les croyances trop nombreuses, le regard des leurs trop puissant…

Pourquoi tu ne t'es pas tuée lorsque tu voulais le faire ?

Hana se sent suffisamment soutenue pour enfin pouvoir vivre son histoire d'amour au grand jour. Elle ne peut pas le dire elle-même, elle a trop peur. Alors elle laisse en évidence dans la maison des flyers sur le sujet. À sa grande surprise, sa mère vient lui parler avec douceur : « J'ai compris et je l'accepte ! » Hana est soulagée. Elle s'était fait un monde de cet instant, et pourtant, tout se passe dans la tolérance. Elle peut enfin partager ce lourd secret et parler de la jeune fille qu'elle aime. Sa mère comprend alors qu'elle a quelqu'un dans sa vie, que ce n'est pas juste une lubie, et se met à hurler, refuse cette idée. Démunie et désespérée, Hana revient sur ses propos et dit que ce n'était qu'une blague.

Plusieurs fois sa mère est revenue vers elle pour essayer d'avoir une discussion sur les différents sujets qui les séparent. À chaque fois, c'est le même scénario. D'abord des larmes, des « c'est de ma faute », des « j'ai dû rater quelque chose », mais dès qu'Hana tente d'expliquer des choses, ce sont les cris et les punitions qui reprennent place. C'est sans issue.

La mère de sa petite amie se propose d'appeler sa mère, pour une discussion de maman à maman. C'est elle qui lui confirme l'homosexualité de sa fille et sa relation avec la sienne. Elles restent un long moment au téléphone. Le compte rendu de sa belle-mère est douloureux à entendre : sa mère a raconté des mensonges pour faire passer Hana pour un monstre afin qu'elle se fasse détester. Hana est dehors lors de cette conversation, et dès qu'elle est terminée, sa mère l'appelle en lui ordonnant d'un ton très énervé de rentrer immédiatement. Hana a peur de ce qui peut se produire, pourtant, pendant des heures, tout le monde fait comme si rien ne s'était passé. C'est lorsque toute la famille est réunie que sa mère lui arrache le téléphone des mains pour montrer à tout le monde le contenu honteux de son appareil d'un ton moqueur. Elle n'a pas le droit d'avoir une vie privée et encore moins celle-ci. Heureusement, il y a un code de verrouillage qui protège ses secrets. Sous la pression et les moqueries, elle n'a d'autre choix que de faire son code pour débloquer son téléphone et, d'un geste instinctif de survie, profite de cette manipulation pour le réinitialiser. Elle est privée de sortie et son téléphone est confisqué. Hana vit tellement dans la terreur qu'elle a mis en place un code avec sa petite amie : si elle ne répond pas dans l'heure à un message, c'est qu'il lui est arrivé quelque chose et elle cache un téléphone de secours dans sa chambre...

Quelque temps plus tard, Hana découvre avec surprise que sa mère a invité sa petite amie et sa belle-mère à la maison pour avoir une explication. Cela se transforme en procès contre sa petite amie : « Cela ne se fait pas ! », « Ça n'existe pas ! », « Je vais l'envoyer au bled pour ne plus que vous vous voyiez ». La belle-mère d'Hana a pourtant le bon discours, tente de la raisonner, mais tout ce qu'elle dit reste irrecevable. Un « Pourquoi tu ne t'es pas tuée quand tu voulais le faire ? » seront les derniers mots prononcés par sa mère sur ce sujet. Depuis ce jour, plus personne ne parle de ça. Le déni est total.

Hana vit alors une nouvelle forme de torture : les faux espoirs. Sa mère lui propose de sortir, mais annule au dernier moment avec des excuses bidons : « il fait trop chaud », « il est trop tard », « trop tôt »... On lui demande de choisir une école et une orientation qui lui plaît, puis on le lui refuse... On lui annonce qu'elle ne peut plus aller à l'association, que ça ne sert à rien ! La phobie scolaire, le Trouble déficient de l'attention, sa sexualité, c'est juste une invention pour attirer l'attention, faire son intéressante. Chaque jour, on lui montre des échantillons de ce qu'elle pourrait avoir en faisant des efforts, et ce qu'elle rate en refusant d'être quelqu'un d'autre. On parle des vacances en Algérie, du mariage, et c'est un virus mortel qui va sauver la vie

Pourquoi tu ne t'es pas tuée lorsque tu voulais le faire ?

d'Hana grâce au confinement et à la fermeture des frontières. Les professionnels qui suivent Hana ont réussi à obtenir de la part de ses parents un retour à l'association à la prochaine rentrée, mais d'ici deux mois, tout peut basculer... Elle vient de demander de l'aide aux services sociaux et elle a peur de là où ça peut la mener : dans un foyer loin de sa petite amie ? Dans une famille d'accueil pire que la sienne ? Au cimetière ?

Peu importe, elle assume ce qu'elle est et veut pouvoir se promener main dans la main avec son amoureuse. Les regards négatifs ou les insultes dans la rue semblent tellement dérisoires à côté de ce qu'elle vit chez elle. Et puis, il y a aussi du positif, des sourires, des félicitations, des encouragements. Elle veut vivre, respirer, être en paix... Elle se bat pour être qui elle est, un lourd combat du haut de ses 15 ans. L'enfer, elle s'en fiche, elle le vit déjà.

Des mots sur des maux

Par Thibaut

Mes souvenirs commencent réellement à partir du collège, mon enfance reste floue. Du peu que je me souvienne, étant petit, j'étais quelqu'un d'assez ouvert, j'aimais discuter et faire de nouvelles rencontres. À partir de la 6ème, beaucoup de choses ont changé. J'ai reçu beaucoup d'insultes en tous genres par des élèves bien plus musclés que moi, c'est à ce moment-là que j'ai appris à me taire et à encaisser.

Puis, vers mes 14-15 ans, l'âge où j'ai commencé à découvrir ma sexualité et à m'y intéresser, les adolescents parlaient de femmes nues et de pornographie. Étant gay, je me suis tu et j'ai fait semblant d'être attiré par les mêmes choses.

Petite précision : à ce moment-là de ma vie, je ne savais pas ce que c'était qu'être gay, je ne savais pas que l'homosexualité existait, tout ceci était très tabou dans ma famille. Jamais je n'avais connu une personne LGBT+. J'étais ignorant sur le sujet, j'avais la sensation d'être bizarre et de me sentir différent. J'ai commencé à me renfermer et je faisais semblant d'être hétérosexuel.

Pendant la fin de ma 4ème et tout le long de ma 3ème, j'ai continué à subir des insultes ; comme je ne disais rien, j'étais une cible parfaite. Certains professeurs me rabaissaient, je ne sais pas pour quelles raisons. J'ai vraiment commencé à être mal dans ma peau et cela ne m'a pas aidé psychologiquement. Une dépression s'est développée.

Au lycée, les moqueries en tous genres ont continué, je me détestais de plus en plus, je perdais confiance en moi. Des pensées suicidaires sont apparues. J'ai appris ce qu'était l'homosexualité, mais je me voilais la face en pensant que c'était purement sexuel. Ne pas avoir de petite amie provoquait ces envies, cela ne pouvait en être autrement.

Lors de mon BTS, j'ai quitté le foyer familial, j'ai eu mon premier appartement qui se trouvait à Lyon. Pendant ces deux années, des binômes avaient été créés pour les différents ateliers. Pour la première fois, j'ai rencontré une lesbienne qui s'assumait ouvertement.
Étant devenu quelqu'un qui s'effaçait, qui se renfermait et qui ne s'aimait pas, je n'osais pas lui parler. Lorsqu'Hugo, mon binôme, et ses amis se moquaient d'elle, je riais pour ne pas être rejeté. Cela m'évitait de parler de mes souffrances. Chose que je regrette vraiment.
Après le BTS, pour la première fois, le groupe de camarades, dont faisait partie Hugo, continuait de m'inviter, je pensais enfin avoir de vrais amis ; jusque-là, on ne m'invitait que très rarement.

En janvier 2012 (j'avais 23 ans), j'ai trouvé un site qui proposait beaucoup de comics gay pornos, et dans l'un de ceux-ci, le caractère d'un personnage m'a beaucoup fait penser à moi. À cet instant, j'ai accepté mon homosexualité et j'ai arrêté de me trouver de fausses excuses.

Quelques jours plus tard, j'en ai parlé à mes amis… Ils ont été étonnés et ont commencé à se moquer en me proposant des partouzes avec des inconnus dans des boites de nuit qu'ils connaissaient. Ils me taquinaient, mais je ne riais pas, car pour moi, tout ça était très sérieux et important. Malgré ce que je disais, ils en profitaient pour tourner ça à la rigolade.
Après ce jour-là, je n'ai plus jamais eu de nouvelles de leur part… Je me suis senti trahi par des gens que je considérais comme des amis. Un blocage est survenu concernant mon

homosexualité. Je m'attendais à ce que tout le monde réagisse de cette manière si je devais de nouveau en parler, que les gens soient méchants et m'oublient. Je me suis encore plus renfermé, ma dépression et mes pensées ne se sont pas améliorées. Le manque d'affection s'est également agrandi. J'espérais pouvoir m'ouvrir et enfin être moi, mais j'ai préféré cacher ma véritable identité pour éviter des soucis avec ma famille et les gens que je rencontrais.

En juin 2012, j'ai trouvé un travail d'intérim qui correspondait à mes études, mais professionnellement, il ne me plaisait pas plus que ça. Je me suis retrouvé avec un poste à responsabilités où je ne pouvais absolument rien toucher, soit trop qualifié, soit pas assez. Je faisais des semaines de 70 h en prenant des reproches constants par mes supérieurs.

Pendant la mission, l'équipe d'essai avec laquelle je travaillais a reçu comme information de ne plus venir sur le chantier. Les travaux avaient trop de retard et nous avancions trop vite. N'ayant aucun autre projet pour moi, mon employeur donna son accord pour que je prenne des «vacances», période estimée à 4 semaines. D'après mes supérieurs hiérarchiques, j'étais un élément très apprécié de tous et je devais être l'un des premiers à reprendre le travail. Je me tenais informé de l'avancée des travaux ainsi que du retour sur le chantier tout en restant disponible. Après un mois d'absence, j'ai appris par un collègue que toute l'équipe était revenue et qu'il y avait besoin de personnel rapidement. J'ai appelé mon employeur pour comprendre, il m'a répondu ne plus avoir besoin de mes services, car les travaux avançaient correctement et qu'il y avait assez de monde.

Par la suite, j'ai perdu complètement confiance en moi. Cacher ma personnalité me pesait énormément, j'étais mal dans ma peau et ma dépression s'est nettement aggravée. J'ai commencé à développer le syndrome de l'anthropophobie, à me sentir jugé par tous ceux que je croisais. Je n'avais plus envie de sortir, je pouvais rester parfois deux semaines complètes sans ouvrir ma porte d'entrée. J'évitais de voir ma famille, car c'était devenu difficile de cacher mon homosexualité et de devoir faire comme si tout allait bien.

Je passais mes journées sur les jeux vidéo, car c'est une grande passion, et merci à eux, car ils m'ont presque sauvé la vie.

Durant deux années, je suis resté enfermé dans mon appartement. Étant inexistant pour mes voisins, le milieu social et professionnel, mes seules sorties étaient pour les courses, les rendez-vous Pôle emploi, qui ne m'a jamais aidé pour quoi que ce soit, ou la CAF. Pour des évènements familiaux : anniversaires, repas de famille, Noël, fêtes religieuses, etc., je faisais acte de présence, car je me sentais invité de force.

J'espérais qu'une rencontre amoureuse m'aiderait à me sentir mieux et comblerait le vide sentimental qui avait commencé à s'installer depuis la fin du collège. Le suicide était également une option, mais je ne suis jamais passé à l'acte durant cette période.

Au cours de ce cycle infernal, j'ai dû « héberger » mon frère, contre mon gré pour ne pas subir les reproches de la famille. Je ne l'appréciais pas vraiment, car il me donnait l'impression d'avoir toujours raison. Si je disais une bêtise ou quelque chose de faux, il en profitait pour étendre sa culture.

Je devais faire attention à tout ce qui aurait pu me trahir sur mon homosexualité. Une semaine après son arrivée, il avait fait des changements sans prendre en compte ce que je lui disais. Il dormait dans le salon et avait monopolisé ce qui se trouvait dans mon logement. Parfois, il invitait ses amis sans me demander mon avis.

En juin 2015, environ un an et demi après son arrivée, je suis parti de chez moi, je ne supportais plus d'être la bonniche et d'être « chez lui », je me suis senti mis à la porte de mon propre domicile.

Après lui avoir laissé l'appartement, je suis retourné vivre chez mes parents. Ne supportant pas la situation oppressante que je ressentais, je me suis précipité dans mes recherches de logement, loin de Lyon, pour ne pas avoir mon frère dans les environs. J'ai trouvé une location en novembre 2015.

Début 2017, pour une raison inconnue, j'ai souhaité prendre ma vie en main. Cette situation où je ne faisais rien avec ma dépression et mes pensées suicidaires constantes ne me convenait plus. J'ai pu trouver un centre qui m'a beaucoup aidé, le Conseil Général. La conseillère que j'ai obtenue était très humaine et compréhensive, elle a ressenti mon mal-être et m'a proposé un suivi avec une psychologue. Ces rendez-vous ne pouvaient dépasser six mois, car les contrats ne pouvaient pas aller au-delà. Le premier entretien a été très compliqué, mais elle a réussi à cerner ma situation, et depuis la trahison subie en janvier 2012, j'ai réussi à parler de mon homosexualité.

Avec mon autorisation, elle a discuté avec ma conseillère afin que celle-ci puisse mieux comprendre et m'aider dans la suite des démarches. Pendant une partie de cette année, j'ai pu avoir un soutien psychologique et un suivi plus qu'appréciés.

Après six mois de suivi, sur indication de la psychologue, je me suis rendu dans un Point d'Écoute pour Suicidaires. Comme j'allais commencer une formation, la nouvelle psychologue a décidé de mettre fin aux rendez-vous, même si j'en ressentais encore le besoin. Cette aide qui a duré deux, trois mois me permettait de faire le point sur ma vie.

Ma formation débutait en novembre 2017. Une semaine avant, j'ai fait mon coming out à ma mère, qui l'a très mal pris. Très religieuse, aussi bien pratiquante que croyante, je savais que cela se passerait mal. De son point de vue, chaque personne doit rentrer dans une case déterminée. Elle me disait de ne pas faire ce choix, que ce n'était pas normal, et ce bien que je lui rabâche que ce n'était pas un choix et que j'aurais aimé que tout soit différent. Elle n'a rien voulu entendre.

Pendant les cinq, six mois qui ont suivi, je me suis fait deux amis, un jeune gay de vingt ans et une femme de cinquante ans. J'ai également fait la rencontre d'un gay trans âgé de dix-huit ans qui a expliqué sa situation devant toutes les personnes présentes. Voyant ces deux personnes s'assumer complètement, j'ai pu faire un « coming out social » (comme j'aime l'appeler), dans un premier temps avec les deux jeunes gays et avec l'aide d'une formatrice, puis socialement avec les personnes en qui j'avais confiance. Ce coming out social me permet maintenant de m'assumer pleinement. J'ai également appris à renouer avec le milieu social, à me faire des amis et à m'orienter vers un milieu professionnel plus adapté.

Peu de temps avant la fin de cette formation, j'ai eu une discussion avec ma mère, très douloureuse mentalement. D'après elle, j'étais une honte, une déception et anormal…

Quelques jours après cette discussion, j'ai fait ma première TS (tentative de suicide). Ce soir-là, j'étais comme spectateur de deux pensées contradictoires. La première voulait mettre fin à tout ça, la seconde voulait savoir comment allait mon ami de 20 ans qui, dans la journée, avait fait un malaise dû à son diabète. C'est cette deuxième pensée qui l'a remporté. Cet évènement reste un peu flou, j'avais l'impression de ne plus être maître de moi-même… Ces TS ont continué à des rythmes irréguliers, mais sans aboutissement ni séquelles.

Par Thibaut

Après la formation, j'ai repris le suivi d'aide au Conseil Général et j'ai continué à voir mes amis.

Fin juin 2018, j'ai ressenti le besoin de faire mon coming out au reste de ma famille.

Je savais qu'avec mon père, cela serait très compliqué, mais je voulais commencer par lui. Il est très vieille France ; pour lui, l'homme s'occupe de l'extérieur de la maison et des travaux, la femme des tâches ménagères et des enfants. Il est également raciste et homophobe. Je m'attendais à tout venant de sa part, sachant qu'il n'accepterait pas, j'avais plus ou moins préparé mon argumentation. Il m'a demandé si je me faisais soigner… J'ai perdu tous mes moyens et me suis retenu de pleurer ; ne sachant plus quoi dire, la discussion a coupé court.

J'ai ensuite appelé mon frère, car je savais qu'il avait entendu des conversations avec ma mère. Il était déjà plus ou moins au courant, mais je voulais officialiser, chose qu'il n'accepte pas vraiment.

Ultérieurement, j'ai contacté ma demi-sœur (même père) en lui demandant qu'elle le dise à son mari et leur enfant. Elle m'a donné l'impression de bien le prendre, mais j'ai découvert qu'elle n'avait pas fait passer le message, comme s'il fallait cacher cette information…

J'ai terminé avec la femme de mon demi-frère (même père), car elle est très ouverte d'esprit et je savais que ça passerait beaucoup mieux. Elle en a fait part à son mari et à ses enfants.

C'est à ce moment-là que Benjamin, un jeune homme de la formation, a repris contact avec moi. Plus tard dans l'année, il m'a fait son coming out, j'étais le premier à qui il le disait, cela m'a beaucoup touché.

Fin 2018, je me suis inscrit sur des applications de rencontre. Il y a eu plusieurs discussions par messages, puis une rencontre qui n'a pas abouti. J'ai de nouveau perdu confiance en moi, là où je pensais pouvoir vivre ma vie et me mettre enfin en couple, je n'avançais pas sur le plan personnel, familial et professionnel. Constatant que Benjamin s'épanouissait grâce à son coming out, j'avais l'impression d'avoir raté ma vie.

Les TS sont devenues plus violentes et régulières, je me blessais souvent, je ne mangeais presque plus. Du côté familial, cela ne s'arrangeait pas.

En janvier 2019, j'ai repris un suivi psychologique au CMP (Centre Médico-Psychologique).

En mars 2019, j'ai fait une rencontre sur une application avec un homme qui me plaisait. J'ai arrêté les TS, mais de mauvaises pensées restaient présentes. Cette personne m'a dupé, elle profitait de mon mal-être pour m'arnaquer sentimentalement et financièrement. Lorsque j'ai compris la supercherie, j'ai perdu le peu d'espoir qu'il me restait.

J'ai ressenti le besoin de parler à ma psychologue et à mes amis, mais je n'ai pas eu le réconfort souhaité. Je suis allé voir une amie qui n'arrêtait pas de me dire que si besoin, elle était disponible quoi qu'il arrive. Jamais je ne l'ai dérangée, mais le jour où j'en ai vraiment eu besoin, elle ne pouvait pas me consacrer du temps. Son excuse : elle devait détapisser la maison de son ex-conjoint et m'a laissé en pleurs en bas de son immeuble… Aujourd'hui, ce n'est plus qu'une connaissance, je ne la vois plus. J'ai compris/ressenti que l'amitié n'existait pas pour moi et que les gens s'attachaient par intérêt.

J'ai appelé mes amis les uns après les autres et je leur ai demandé de passer me voir quand ils pourraient, sans donner trop de raison. L'un est venu me voir seulement 2 minutes, il était pressé et très occupé. Cette visite m'a réconforté malgré tout. L'autre ne pouvait pas venir le jour même, mais il est passé me voir quelques jours plus tard.

Par Thibaut

Après cette arnaque je ne savais plus trop où j'en étais. Le suivi psychologique s'est arrêté, volonté de la psychologue, je me suis remis sur les applications juste pour combler ce vide intense que je ressentais. Un homme m'a proposé un plan sexe que j'ai accepté sans envie. Il y a eu des avantages et des inconvénients.

Le côté positif : être dépucelé m'a débloqué sur le plan relationnel. Je me suis senti moins stressé avec les rencontres suivantes.

Le côté négatif : je n'y ai pris aucun plaisir. Depuis, j'ai peur que mon prochain partenaire ne veuille que du sexe et que ce ne soit qu'une arnaque une nouvelle fois.

Quelques mois plus tard, j'ai fait une autre rencontre sans succès. Je voulais combler mon manque d'affection et aucun sentiment n'en ressortait. Après tous ces évènements, j'ai eu besoin de faire une pause, j'ai tout arrêté : rencontre, TS, etc.

En août 2019, ma situation professionnelle a évolué. Ce travail me plaisait, l'ambiance était géniale et j'ai créé des affinités avec certains collègues. Quand ma période d'essai prit fin, mon employeur m'a sorti une fausse excuse pour ne pas me faire signer de CDI. Ma joie de vivre a chuté.

Peu de temps avant le confinement du Covid-19, je me suis mis au fitness à domicile pour me sentir mieux physiquement. De nouveau sur les sites de rencontre, j'ai fait la connaissance d'un jeune homme, un collectionneur de Barbie, pas très intéressant. J'ai décidé tout de même de le rencontrer, je me suis déplacé plus d'une fois. Je souhaitais le revoir, mais au dernier rendez-vous, il n'est pas venu. Il ne s'est jamais excusé et m'a oublié.

À 31 ans, si je fais un point sur ma vie, ma situation familiale reste très compliquée. J'ai l'impression d'être jugé constamment et de n'être apprécié que parce que je fais partie de la famille ; la seule personne qui me parle de mon homosexualité, c'est ma mère. Elle essaie en vain de me ramener « sur le droit chemin », car je suis anormal, ne l'oublions pas.

Sur ma situation professionnelle, le monde du travail reste également difficile, j'ai le ressenti de ne jamais satisfaire les attentes de mes employeurs. Je me mets trop de pression, ce qui me bloque pour trouver un emploi.

Concernant ma situation personnelle, je revis ces deux ans où je suis resté enfermé chez moi. Je revois de temps en temps un ami et d'anciens collègues de mon dernier emploi. J'apprécie ces moments, car cela m'évite de perdre le contact humain. Mais depuis les nombreuses trahisons, j'ai souvent peur de découvrir une vérité blessante. Même si je donne l'impression de m'assumer, j'ai toujours du mal avec le fait d'être gay, car la vie ne m'a pas épargné.

Je sais que mon récit ne respire pas la joie, mais c'est ainsi… « Nul ne connaît l'histoire de la prochaine aurore, personne ne sait ce que l'avenir lui réserve ».

Tu m'as pris pour un rustre ?

Par Tubb

Fin 2001, j'ai 23 ans et il me le reproche encore... un ami, me demandant si le copain qui m'accompagnait depuis quelque temps en soirée avec notre bande de potes de l'université devait être invité à son mariage. Se demandant s'il n'était qu'un simple copain ou plus... Je n'avais pas osé lui dire que cette personne était celui qui finalement partagea 17 ans de ma vie...

Je m'appelle Laurent, j'ai 42 ans, 21 ans d'homosexualité assumée au moins dans mon cœur et mon corps. Assumée en réalité très partiellement au départ et progressivement par la suite, sans doute par manque de courage, de confiance en moi, en les autres.

Je suis né dans une famille tout ce qu'il y a de plus classique dans la banlieue de Nantes. Une maman entretenant un cocon protecteur et un papa plus pragmatique, mais tous les deux tellement aimants. Une petite sœur sur qui, sans que nous soyons fusionnels, je peux toujours compter. Une vie sans trop d'accrocs, mais plutôt harmonieuse et calme.

Tout a commencé par la rencontre d'amis, 18/20 ans, l'époque où nous nous cherchons tous un peu. On cherche nos limites, nos choix, nos goûts et qui nous sommes.

Je connaissais l'homosexualité, ayant une tante lesbienne avec qui nous partagions souvent le temps des vacances ou des week-ends. Sa compagne faisait partie de la famille à nos yeux. Elles m'ont toutes les deux beaucoup apporté. Mais je ne m'étais jamais pour autant imaginé avoir un jour cette forme d'attirance peu commune, pas dans la norme, mais qui, concernant ce membre de ma famille, me semblait tellement normale, j'en ressentais même une certaine fierté.

Tu m'as pris pour un rustre ?

J'avais bien remarqué avec mon harem de copines de collège que je trouvais tel ou tel garçon plutôt beau, mais je pensais que c'était de la simple ouverture d'esprit et que l'on pouvait juste trouver une personne belle.

Par la suite, fin collège et lycée, j'ai entretenu des relations avec des petites copines : premiers bisous, première fois, même présentées à mes parents. J'étais dans la norme !

Fin lycée, début études donc, je traîne avec une bande d'amis. Nous nous ressemblons beaucoup, timides, calmes, un peu cérébraux et sportifs (moi plutôt dans les gradins niveau sport). Nous parlons de beaucoup de choses. Nous passons beaucoup de temps ensemble les week-ends et dès que l'agenda nous le permet. Nous parlons aussi de nos amours, de nos expériences sans nous dévoiler complètement. Je me rends compte au travers d'échanges plus intimes avec l'un des garçons de la bande que nous ressentons la même attirance pour les mecs. Nous en parlons beaucoup, il faut apprivoiser cette nouveauté sans savoir comment faire, comment franchir le pas.

Ce sera avec lui ma première expérience, ma première fois avec un homme. Sans doute parce que ça nous rassurait de connaître celui qui nous permettait de comprendre ce qu'il se passait.

Nous n'étions pourtant pas attirés sentimentalement l'un par l'autre.

Par la suite, j'eus encore des petites copines dont je parlais à mes parents, mais pas de petit copain, il était difficile pour ce timide que j'étais de « cruiser » dans des lieux gays. Les applis n'existaient pas encore à l'époque (OK, j'ai 42 ans, et alors !) et je n'étais pas sûr de pouvoir assumer ce que j'étais.

Nous nous amusions, mon ami révélateur et moi, de temps en temps. Et je me rendais compte que les bras chaleureux d'un garçon étaient bien plus agréables pour moi que la douceur féminine.

J'eus une relation plus longue et officielle avec une fille. Nous habitions loin l'un de l'autre et nous devions nous organiser le week-end pour nous voir. Mes parents et mes amis étaient au courant de son existence. Elle venait aux repas de famille. Je m'affichais avec elle sans difficulté, je ne me forçais pas, j'avais de vrais sentiments pour elle. Il me manquait pourtant quelque chose, le partage de cette virilité naissante. Notre relation ne dura que quelques mois.

Un autre garçon de l'entourage de ma bande de potes m'attirait beaucoup, nous étions très amis et l'avenir me dirait qu'il était sans doute beaucoup plus pour moi. Nous nous rendîmes compte, au détour de conversations sur les filles, les amours, que nous nous rejoignions sur le fait que les garçons nous attiraient finalement beaucoup. Il fut le second, mais aux plaisirs du corps s'ajoutèrent le désir et le sentiment de l'évidence.

Je savais qui j'étais enfin, il fallait maintenant l'assumer pleinement, mais comment ? Sous quelle forme ? Comment annonce-t-on à la société, la famille, les amis que nous sommes gay ?

Mon ami/amant n'accepta pas cette relation. Il ne pouvait se résigner à être un « homo, comme ils disent » ! Il voulait une vie normale, sans ces sentiments qui me semblaient pourtant évidents. La rupture fut difficile, je perdais un ami, un amoureux. Je devrais donc me débrouiller.

Tu m'as pris pour un rustre ?

Tout au long de ces années, je poursuivais mes études. Faisant la rencontre d'une autre bande d'amis en études supérieures. J'avais trouvé ma voie professionnelle, je voulais travailler dans le secteur de la construction, du bâtiment... J'allais sûrement être dans mon élément !

Quelques petites amies encore, rien de sérieux, présentations avec mes amis, personne ne savait quel désir je nourrissais finalement. Je le cachais et je n'avais rien de concret. Je fis la connaissance à cette époque du maître de stage d'un copain d'IUT qui semblait sous le charme de son stagiaire, un peu trop au goût de la petite amie de ce copain. Nous partageâmes une soirée ensemble d'ailleurs pendant laquelle ses intentions n'étaient pas si évidentes que ça. Sans doute quelqu'un d'un peu timide.

Il n'y eut qu'une rencontre, mais elle allait, quelques années après, se révéler du domaine des signes...

Mes études se terminant, Internet se développa. Les premiers réseaux de rencontre aussi. Le smartphone n'existant pas et nous n'avions pas tous des mobiles, il fallait s'organiser pour les rendez-vous.

Je me rappelle avoir chatté avec un mec qui travaillait à l'aéroport de Nantes. J'hésitais à le rencontrer et ma timidité décidément trop forte m'empêchait de le faire. Je finis, dans un effort étonnant, par aller sur place en espérant le voir au détour d'un guichet d'enregistrement.

Pourvu qu'il ne me voie pas ! Ou pas là, pas comme ça... Le mode panique était enclenché.

Évidemment, je ne l'ai jamais vu, et ma première rencontre réelle avec un inconnu s'était soldée par un échec.

Le second essai, je devais avoir 22 ans environ, fut concluant. Mon nouvel « ami » était responsable de la cafétéria d'un grand centre commercial de Nantes. Les premiers échanges par chat étaient rassurants, nous parlions de nos centres d'intérêt, de nos familles, de nos vies, de nos préférences, nous rassurant sur le fait que nous devions être sûrement des mecs bien et recommandables. J'habitais chez mes parents encore à l'époque et nous décidâmes de nous rencontrer chez lui.

Première préparation à une soirée avec un inconnu, je check tout, est-ce qu'on va se plaire ? Que faire dans le cas contraire ? Comment gérer un refus ? Comment passe-t-on aux choses « sérieuses » ? Finalement, un inconnu, c'est moins facile... mais c'est beaucoup plus excitant aussi...

Je me rends sur le quai de la fosse à Nantes. Lieu de prostitution et de bars de « charme » bien connu à Nantes. Je contourne les « tu veux monter minet ? C'est 100 balles », évite les « non, Monsieur... heu... Madame, pardon ». Mon premier rencard gay commence bien.

Il vient m'ouvrir, et passée la gêne du premier regard réciproque (est-ce qu'il me plaît ? Ah oui, j'aime bien), il m'invite à rentrer. Il me fait visiter, c'est le premier niveau de mise à l'aise. On parle de banalités. Il est finalement aussi gêné ou impressionné d'être là, mais il a un avantage, il est chez lui.

Nous buvons un coup, papotons, buvons, papotons... et finalement passons la seconde, d'autant qu'à la base, nous étions là pour ça !...

Eh bien, c'est pas si difficile que ça avec un inconnu !

Nous nous reverrons quelque temps ensuite, mais l'attachement ne se faisant pas, je finis par lui annoncer que je ne souhaitais pas continuer notre relation.

Tu m'as pris pour un rustre ?

J'eus à gérer ma première drama queen : c'était la fin du monde, j'étais tout pour lui (au bout de 2 mois…), il ne savait pas comment il pourrait vivre sans moi, qu'il envisageait le pire… Merci à mon amie Manue qui, empreinte d'un bien meilleur niveau en psycho que moi (5/20 en philo au bac pour ma part !), me rassura sur le profil du gars et me conseilla quand même de vérifier son état de santé quelques jours après, quand le soufflé serait retombé.

Il allait très bien, next !

En attendant, en dehors de Manue, personne n'était au courant de mon exploration de nouvelle vie.

Début 2000, les métiers du bâtiment semblent à l'inverse de la formule consacrée, peu ouverts d'esprit et plutôt conservateurs.

« On est pas des P* »… ben si… moi si…

Je ne sais pas quelle est la proportion de rencontres sur le lieu de travail pour les couples, mais ce ne sera sans doute pas pour moi.

Je suis responsable de mon premier chantier en tant que conducteur de travaux. Vingt-cinq bonshommes sous une grue, dont quelques beaux spécimens. Une ambiance virile et plus propice à vider une binouze en fin de journée qu'à parler projet de vie avec l'un d'entre eux…

Avec des collègues, nous avions l'habitude de nous retrouver le soir pour sortir ensemble dans les coins sympas de Nantes.

L'un d'eux, célibataire, me rappelait quelqu'un. Mais oui ! Le maître de stage de mon pote d'IUT !

— Tu te souviens de moi ?
— Oui, tu étais le copain de…

Par Tubb

La conversation commença comme ça. Oui, c'est banal ! ... Il faut bien commencer d'une manière.

Une complicité naquit entre nous très rapidement, il venait me voir sur mon chantier en partant du sien le soir. Nous allions retrouver les autres ou parfois allions boire un verre tous les deux.

Un soir de fête avec les collègues, nous sortîmes après un bon restaurant dans le temple de la fête et des rencontres de l'époque pour les femmes de plus de 50 ans : le « Bal à Papa » ! (C'est le nom de cette boite qui avait été rasée pour laisser place au palais de justice sur l'île de Nantes près des Machines.)

Malgré les assauts des femmes trop mûres pour notre âge, nous nous rapprochâmes sur les banquettes tellement sales qu'en les regardant à la lumière noire, elles seraient apparues blanches.

Nos mains se touchaient dans le noir et nous sentions l'un et l'autre une irrépressible envie d'un premier bisou inspiré par ce premier geste tendre.

Nous poursuivîmes la soirée au Siba 2000 ! Autre temple de la fête, mais aussi de celle du poulet ! En effet, la nuit venue, la fête étant à son paroxysme, la faim se fait de plus en plus présente, l'alcool nécessite également d'être épongé. Et là, en pleine boite de nuit, un grill avec des tournes broches remplis de volailles qui n'auraient jamais imaginé finir dans un lieu aussi atypique à restaurer des gens aussi shootés qu'imbibés.

Un lieu, disons-le, un peu beauf, où il n'était pas question de nous révéler ou de tenter quoi que ce soit avec mon tendre collègue.

Le petit jour pointant, chacun rentra chez lui. J'avais les clefs de mon chantier, mon bureau était situé dans un appartement de la résidence HLM que nous rénovions. Je lui proposai de m'y suivre pour y passer la fin de la nuit et du petit matin ; ça a duré 17 ans.

Il m'a été difficile de comprendre ce que mes parents avaient dû essayer d'accepter ce matin où, après plusieurs semaines où je m'abstenais, ma maman vint me parler pour me dire qu'elle avait compris que le collègue dont je parlais souvent était bien plus qu'une relation professionnelle.

Je n'ai pas reçu un soutien immédiat de sa part et encore moins de celle de mon papa. L'univers familial, en dehors de ma sœur qui était très contente pour moi, me semblait pourtant si propice à l'acceptation.

Je n'ai pour autant jamais été renié, mais mon compagnon, puisque nous nous étions installés ensemble, n'était pas accepté dans le cercle familial.

Ma lâcheté et le manque de signaux de la part de mes parents provoquèrent quatre longues années de double vie familiale.

Je ne leur en ai jamais voulu.

Nous étions sans doute tous les trois dans l'incapacité de parler du fait que je voulais assumer ma vie homosexuelle.

Tout changea le jour où nous avons décidé d'acheter une maison ensemble. Un gros projet de vie, dans lequel nous mettions tout notre cœur et nos envies de construire encore plus à deux.

Maman me parlait quand même souvent de mon compagnon. Je lui disais que nous avions ce projet et elle ne semblait pas choquée par l'idée.

Nous devions rénover toute la maison, y compris l'électricité. Je me sentais bien de gérer ce chantier techniquement parlant, mais ce corps d'état me semblait trop compliqué seul. Je finis par demander à maman si papa, qui avait des connaissances importantes dans le domaine, pourrait m'aider, nous aider…

Maman me dit cette phrase qui restera gravée à jamais : « Au contraire, c'est si tu ne lui demandes pas qu'il sera attristé. »

Qu'à cela ne tienne !

Quinze jours après, mes parents rencontraient, pour la première fois depuis quatre ans de façon officielle, mon Chéri.

Maman, dans sa grande malice, me proposa de former une équipe de travail avec moi et de laisser Papa avec celui qui partageait ma vie.

Tout se passa à merveille.

Je pouvais ainsi vivre une vie normale avec celui que j'aimais.

Les années passent et je continue de découvrir ma vie et la manière de la conduire.

Les épreuves sont là pour démontrer que chacun doit vivre sa vie à son rythme, selon ses aspirations et ses capacités. Aujourd'hui, je ne cache plus que je préfère les hommes et ça se passe très bien.

Je suis un homme O, comme ils disent…

Nature et Liberté… 7

Préface..11

Amour Secret 15
   Par Bella Doré

L'émergence 31
   Par Mélody Galéa

Anaïs & Constance...45
   Par Denis Morin

Je ne suis qu'un homme 57
   Par Pedro

Ce que la nature fait ne peut être contre nature........................65
   Par Nathalie Sambat

Pourquoi tu ne t'es pas tuée lorsque tu voulais le faire ?.........79
   Par Lili Saxes

Des mots sur des maux 89
   Par Thibaut

Tu m'as pris pour un rustre ?..................................... 101
   Par Tubb

À découvrir dans la collection Les Collectifs

Découvrez les autres collections de JDH Éditions

Magnitudes

Drôles de pages

Uppercut

Nouvelles pages

Versus

Case Blanche

Hippocrate & Co

My Feel Good

Romance Addict

F-Files

Black Files

Les Atemporels

Quadrato

Baraka

Les Pros de l'Éco

Sporting Club

L'Édredon

La revue littéraire de JDH Éditions

Venez découvrir les textes de la revue

**Textes et articles dans un rubriquage varié
(chroniques, billets d'humeur, cinéma, poésie…)**

Suivez **JDH Éditions** sur les réseaux sociaux
pour en savoir plus sur les auteurs,
les nouveautés, les projets…

Inscrivez-vous à notre Newsletter sur
www.jdheditions.fr
Pour recevoir l'actualité de nos nouvelles
parutions